田舎の日曜日

ツリーハウスという夢

佐々木幹郎

みすず書房

田舎の日曜日　目次

田舎の日曜日　ツリーハウスという夢

浅間山の北の山麓で

二〇〇七年四―五月

浅間山の山頂は、上州（群馬県）と信州（長野県）の境にある。山の南、信州側の山麓には、昔から東山道、中山道、北国街道などの街道が通じていて、宿場町が多く、この道を旅する人々が仰ぎ見る火山の姿が、昔から浅間山のイメージを代表していた。

島崎藤村が「小諸なる古城のほとり」（『落梅集』、明治三十四年）で、

暮れ行けば浅間も見えず
歌哀し佐久の草笛

と歌ったのは、信州佐久（長野県小諸市付近）を流れる千曲川から見た浅間山のイメージだった。これに対して、浅間山の北、上州側から山を見た旅人の記録は少ない。大正年間に若山牧水が何度も吾妻川に沿った山道を旅し、「吾妻の渓より六里が原へ」と題したエッセイや、吾妻渓谷の美しさを絶賛した短歌を残している。この地域には、戦国時代から近世初頭にかけて、軍用道路として造ら

れた真田道や、草津温泉に向かう草津道など数種類の道があったが、その多くは上州と信州を結びつける間道や、温泉への道、あるいは炭を運ぶ道として機能しており、宿場町は形成されなかった。

また、北側の山麓は土地が痩せていて、標高も高くて米などの穀物は育たなかった。火山が噴火すると、被害は上州側がひどかった。天明三年（一七八三）の大噴火のとき、溶岩は北斜面の「六里ヶ原」に流れた。現在、観光地となっている「鬼押し出し」がそのとき噴出した溶岩の恐ろしさを伝えているが、その先にあった鎌原村を土石なだれが襲った。死者は千四百人を超えたという。このなだれは吾妻川に入って泥流となり、利根川に流れ込み、江戸湾や銚子の沖合まで届いた。

浅間山の西北、田代部落がある盆地をはさんで、四阿山《あずまやさん》がそびえている。いつも秋になるとわたしたち山小屋のメンバーはブルーベリーを摘みにこの山に登るのだが、この山の頂上近くから浅間山を見るたびに、わたしは火山というものの不思議な姿に感動し、なんとも形容しがたい、原始的な畏怖の思いにとらわれる。

浅間山は石臼のような山だ。石臼の底から火が吹き出ていて、つねに噴煙がたなびいている。この山を見た古代人たちは、山を御神体として崇める以外になかったはずだ。人間の手におえない恐ろしい火の神が、そこにいる。

彼らは火山からもっとも安全な距離を保った四阿山を拝礼の場所として選び、その頂上から眼下にそびえる浅間山の全景を見たのではないか。浅間山の麓を歩くのは、神威に触れると思って、恐れていたのではないか。そんな想像がふつふつと起こってくる。晴れた日の四阿山からは、遠くに北アルプスや南アルプスが見え、八ヶ岳が見え、その向こうに小さく富士山が見える。

浅間山の北側の山麓には、昭和になってから実験的にキャベツの作付けが始まり、戦後になって進駐軍がキャベツの生産を奨励したことから、爆発的にキャベツ農家が増えた。火山灰で荒れた土地を開墾し、農道をいちはやく整備した。その結果、「嬬恋キャベツ」は日本全国に名を轟かせるようになった。人々は北側の山麓を、まるで緑の虫が山肌を登りつめるように、じりじりと溶岩地域近くの限界いっぱいまで開墾し、キャベツの匂いで満ちるようにしたのだった。いまや毎年、出荷調整しないと値崩れが起こる。作り過ぎなのだ。日本人はこんなにキャベツを食べるのかなあ、と思うほどにキャベツ畑は年々、山麓の上から下まで広がるばかりだ。

ずいぶん前、ブルーベリーを摘みに四阿山に登ったとき、わたしたちを先導してくれていた八百屋のキー坊さんが、頂上にある石の祠の周辺で、古い銅銭を拾ったことがあった。

「こんな珍しいコインがあったよ」とキー坊さんは、何気なくわたしにその銅銭を手渡してくれた。銅銭はかなりの年月を経たものと思われ、腐食して肉厚が薄くなっていた。文字も擦り切れていて、なかなか判読できなかった。山を下りてから、書斎で歴史の本を調べて、初めてわかった。「開元通宝」だった。

「開元通宝」は六二一年に唐で鋳造された貨幣で、日本が和銅元年（七〇八）に最初の通貨として「和同開珎《わどうかいちん》」を造るまで、貨幣として流通していたものだ。そんなものが、なぜ、四阿山の頂上で発見されるのか。

四阿山は古代からこの地域の山岳信仰の中心地だった。おそらく、修験道者が頂上で祈りを捧げたとき、祠に銅銭が喜捨されたのだろう。本によると、和銅三年（七一〇）、奈良に興福寺が建立されたとき、五重の塔の基礎に「開元通宝」が埋められたという。「和同開珎」が流通するようになっても「開元通宝」は貨幣としての価値を持っていた。同時に銅銭は富の象徴であり、国家の安泰を祈り、病気平癒や悪霊退散など、あらゆる祈願の際に喜捨される習慣があった。

そういう時代から約千四百年間、唐の銅銭は四阿山の頂上で風雨に耐えて岩の下に転がっていたのだ。思えば、はるばる唐の都から東シナ海を渡った一枚の「開元通宝」は、大和朝廷のある奈良の都を通過し、上州の山奥まで、人から人に手渡されて、やってきたのである。長い旅だった。

浅間山の北側の地には、そんな古い思いがけない物語が、ごろんと転がっているのが面白い。『日本書紀』には、景行天皇の命にしたがった日本武尊の軍隊は、東征の帰途、吾妻川の川沿いに沿って進軍し、信州諏訪地方に抜けようとしたという記述がある。諏訪地域の豪族を攻略するために、わざわざ峻険な山道を選んで進軍したのだとも言われている。彼は疲れ果てて碓井峠（現在の碓井峠かどうか。鳥居峠も候補地のひとつで、さまざまな説がある）に達したとき、亡き妻、弟橘媛《おとたちばなひめ》を偲び、東南方向に向かって「吾嬬《あづま》はや（ああ、わが妻よ！）」と三度叫んだので、この地域を「吾嬬国」と言うようになった。そして、「吾妻」「嬬恋」「四阿山」などの名称が残ったという。「開元通宝」が流通した七世紀から八世紀にかけての時代よりももっと古い、二世紀あるいは四世紀頃と想定される神話である。この神話の時代にも浅間山は火を吹いていたはずだが、物語には登場していない。日本武尊という人物像は、何人かの実在した人物を複合して後世に作られたフィクションだという説もあり、かなり怪しい神話だとわたしは思っている。

そういう英雄神話よりも、浅間山への畏怖を伝える一枚の銅銭がそうであるような、無名の庶民が残した物語を想像するほうがわたしは好きだ。

床屋のナカザワさんが四月の終わり頃、浅間山の北斜面の残雪を写真に撮って、インターネットの山小屋掲示板に載せた。

「昨日、草津温泉からの帰りに浅間山の「逆さ馬」を撮ってみました。浅間山の右裾辺りに見える雪形なんだけど、昔の人はこの雪形が現れると農作業を始めたらしいです。オイラはどうしても逆立ちした馬には見えないんだけれど、昔の人は想像力が逞しいナァ」と書いていた。

嬬恋村の人々は、浅間山の山頂から雪が消え、北の斜面に「逆さ馬」の形をした残雪が見え始めると、春の種蒔きの時期であると昔から言い伝えてきた。その「逆さ馬」を見る機会がこれまでなかった。浅間山に残雪がある期間、毎年山小屋に出かけているのだが、地元の人にあれがそうだ、と教えてもらわなければ、農業と無縁な人間は気がつかないものだ。

ナカザワさんが撮った写真で、おっ、これがそうか、と初めて「逆さ馬」を発見してうれしかった。細長く首を伸ばした馬が地上に向かって疾走し、後ろをふり向いている。たしかに流れるような雪の描線なので、恐竜に似ているとも思え、馬だとはなかなか判断しにくいが、たしかに逆さ馬だ。かつての農民たちは、よほど農耕馬と親しくつきあっていたのだろう。

この「逆さ馬」は、浅間山の北側と西北方向でのみ見える。東北方向にある軽井沢からは見えない。また、山に近づいても溶岩の起伏に隠れて見えなくなる。まさに、上州嬬恋村の浅間山麓の農家にだけ、春の訪れを知らせるサインなのである。

　地元でランドマークとなっている山の残雪が、春の農耕の開始を告げるサインになっている、という例は日本各地にある。わたしが最初にそれを知ったのは、青森県の津軽平野にある岩木山の残雪だった。ずいぶん昔、太宰治の故郷である弘前の町を訪ねたとき、地元の人に教えられた。岩木山の雪が溶けて水となって田畑を潤し始めると、雪の塊に乗って野鼠が移動してくる。それと同時に、山肌に農耕の始まりを示す「上がり犬」と「下がり犬」の形をした残雪が現れる。それがいかに喜ばしいサインであったか。そのことを示すように、岩木山を御神体にしている麓の神社、岩木山神社の山門には、左右の石柱に狛犬が彫られていて、雄は「上がり犬」、雌は「下がり犬」のスタイルで石柱にくっついていた。お尻を上にして、逆さまになっている狛犬の姿を初めて見た。

　五月末に山小屋に出かけたとき、浅間山の麓を車で走って、まだ残っている「逆さ馬」を見た。ナカザワさんが写真で教えてくれたときよりもかなり痩せていたが、首長恐竜のような馬は健在だった。あまりに走り過ぎたと見えて、足が消えかかっていた。

　山麓の畑では、キャベツの苗の作付けが始まっていた。緑色の苗が山の斜面に向かって登り、その先にある噴火口から薄い噴煙がなびいている。老若男女が畑に散らばり、トラクターが動き、肥料の臭いが山麓に満ちていた。

　去年は初夏から初秋まで、他の地域の天候が不順だったおかげで、嬬恋キャベツは奇跡的に高値が続いた。これまで赤字だった農家もひさしぶりの黒字になって、税金の払いもよくなるだろうという噂だったが、今年はどうだろう。

夜、「山小屋少女音楽隊」の面々がやってきた。小学六年生のアイリッシュ・ハープのユリカちゃんとマンドリンのモエちゃん。小学四年生のキーボードのマミちゃん。薬局のノブちゃんはギターとヴァイオリンを、奥さんのナオミさんはホイッスルを。

山小屋に行く数日前、三人の少女たちから、突然、わたしにメールが届いた。

「詩人、今回山小屋に来る時にオートハープを忘れないで持って来て！！！！／忘れたらとりに行ってもらいます……／一緒に演奏しましょう、じゃあ待ってます。／モエ、マミ、ユリカ」

「了解」とすぐに返信したが、実にこれは、脅迫に近い文面ではないか。オートハープを忘れたら取りに行ってもらいます、とは。山小屋から東京まで取りに帰れ、ということなのか。たぶん、学校かどこかで、つねに先生か大人たちから言われている台詞を真似したのだろう。それに、「一緒に演奏しましょう、じゃあ待ってます」という言葉には、何か精神的な余裕が感じられる。憎らしい。無気味だ。オートハープの練習をさぼっているオジサンとして、秘かにうろたえた。

オートハープはむろん山小屋に持参したが、夜の書斎で始まった少女バンドの演奏を聴いて、よく二ヵ月あまりでここまで上達したものだと、彼女たちの腕前に舌を巻いた。「サリーガーデン」も「ジョセフィンズ・ワルツ」も、ゆっくりだが暗譜で完全にこなす。わたしは拍手をし続けた。

ギャラリーとなって聴いていたのは、わたしとセキさんの他に、ユリカちゃんのお母さんと、モエちゃんとマミちゃんのお母さんだったが、少女たちの演奏が一通り終わると、今度はお母さんたち二人が並んでティン・ホイッスルを取り出し、ナオミさんの指導で「サリーガーデン」の練習を始めたのには、驚いた。「子供たちに置いていかれないように、真似してやってるだけなんですよ」とユリカちゃんのお母さんは笑いながら言ったが、この村の人たちはどうなっているのか。突然、みんなアイリッシュ音楽に、どっぷりつかりだしたのである。

翌日の夜、タイコさんの旅館のロビーで、「山小屋少女音楽隊」はデビューを飾った。タイコさんの旦那さんの親族が集まったパーティに、演奏団として呼ばれたのである。タイコさんもティン・ホイッスルを吹いて、大成功だったと聞いた。わたしも聴きに行く予定だったのだが、なんと、ふとした拍子にギックリ腰になってしまって、少女バンドの記念すべきデビューの時間には、書斎で村のマッサージ師から手当てを受けていたのだった。情けないったら、ありゃしない。オートハープどころではない。

ベッドに寝ながら、見舞いに来てくれたナカザワ夫妻と雑談しているうちに、なんだか認知症の老人になって山小屋にいる未来の自分のイメージがありありと浮かんできたのがおかしかった。しかし、それも山小屋でなら楽しいかもしれないな。

木々の葉裏を見上げる

「ほら、こんなのがいっぱい！」

と言って、里の旅館の女将、タイコさんが山菜を手にして現れた。犬のララを連れて散歩の途中、山小屋に寄ってくれたのだ。手にはアスパラガスに似た山菜がいっぱい。

「山菜の女王と言われてるんだけど、地元ではなんて言ってたかなあ」

へえー？　そんな優雅な名前の山菜があるんだ。山小屋まで来る道端に、いくらでも顔を出しているという。

「あっ、そうだ。シオデだった」

しばらく考えていて、タイコさんが言った。植物図鑑で調べると、「シオデ」は「牛尾菜」とも書く。文字通り、いかにも牛の尻尾のようなカタチをしていて、アスパラガスよりも太くて長い。アイヌ語が語源だというから、アイヌ人たちはよく食べていたのだろう。東北地方では「ヒデコ」とも呼ばれているらしい。シオデは他の地方では「山菜の貴婦人」とも言われ、それに対して、「山菜の王」はタラの芽なのだという。

セキさんがタイコさんと雑談している間に、ユリカちゃんのお母さんのショウコさんが、さっそく茹でてくれた。アスパラガスと同じように軽く湯を通して、マヨネーズで和えて食べる。美味しい。これがアスパラガスと言われても違いがわからないくらいだ。

それからしばらくして、建材屋のトクさんがふいに丸木を数本かついでやってきた。旧館の窓から顔を出したわたしに、「今年の秋は、これですき焼きをしよう」と言う。

なんのことか一瞬わからないでいると、「いい椎茸が出るよ」と言って笑った。

彼がかついできたのは、椎茸の菌を植えつけた原木なのだ。椎茸は原木に種付けをしてから二年後に育つというから、すでに一年前にトクさんが種付けしたものだろう。トクさんはいつもこんなふうに、都会人が味わったことのない地元の名品を山小屋に持ってきて、わたしたちに食べさせるのが大好きなのだ。しばらく鬱状態が続いていたというトクさんは、この日、元気になったことをわたしたちに知らせるために現れたのかもしれない。そんなとき、彼は必ず、食べ物とともに現れるのだ。彼が鬱から解放されたとき、いつもは「地粉《じごな》」(地元の小麦粉)を使ったうどんを作りに、製麺機とともに現れるのだったが、椎茸の原木をかついでくるとは、よっぽど晴々した気分になったのだろうか。ありがたかった。

ずいぶん前、わたしたちもクヌギの原木を手に入れて、ドリルで穴を開け、椎茸の菌を植えつけたことがあった。種付けした原木は涼しい木陰の湿った場所に立てかけておくのがいいというので、深い山奥の木々の間に立てかけた。しかし、二年後に椎茸が出る頃になると、どこに立てかけたのか誰もが忘れてしまい、気がついたときは原木もろともに腐ってしまったことがあった。

というわけで、トクさんには、山小屋から見える山の斜面の木の根元に立てかけてもらうことにした。椎茸の原木があるというだけで、なんだか裕福な気分になった。

去年の秋、ネパール人のアジャール君が提唱して、ネパール式の「風のブランコ」をみんなで作ったとき、トクさんの家の竹林に案内され、太い竹を四本切った。その竹林のなかに、丸々と太った椎茸が何本も顔を出している原木がいくつもあった。たぶん、今回持ってきてくれた原木は、その竹林のなかのものだろう。去年は竹林のなかで育った椎茸をいくつかいただいて、すき焼き鍋に入れて食べたが、肉厚で美味しかった。

ちなみに、山小屋ですき焼きをやるときは、わたしが鍋奉行となって、すべて取り仕切ることになっている。人数が多いときは、鍋を二つならべて、順番に作る。出来上がるまで、誰にも鍋を触らせない。わたしが作るのは関西風の味付けをしたすき焼きだ。

まず、鉄鍋に牛脂を入れ、よく鍋に脂を馴染ませてから、牛肉を焼く。安い肉を買っても、牛脂だけは肉屋さんで上等の肉の脂をもらってくるのがポイント。そうすると、焼いた肉の味は上等の肉と同じになるのだ。すき焼きは肉を美味しく焼き、そのとき出た肉汁で野菜を煮立てるのがコツである。その反対に、野菜から出た水分で肉を煮立てるのは、愚の骨頂である。肉が固くなり、だしがらとなり、すき焼きではなくなる。

鍋のなかの肉に火を通すと、そこに大量の砂糖を入れる。このとき山小屋メンバーの誰もが、そんなに入れるの？　とびっくりするほど砂糖を入れる。目分量である。それから醤油と味醂で、少々濃いくらいの甘さに仕上げる。肉が固めの場合は、ここに酒を入れる場合もある。一度に食べる人数分の肉をすべてこのようにして最初に鍋で焼き、大量の肉がやわらかく焼き上がったとき、鍋から肉をすべて取り出して大皿に移す。このあたりで、誰もが、ひえーっ、とびっくりするのだが、気にしてはいけない。

鍋の底には、肉汁だけが残る。その肉汁のなかに、タマネギ、長ネギ、白菜を入れ、シラタキや豆腐、麩、椎茸、タケノコなどを入れる。タマネギなんて、関東では入れないよ、という声が聞こえても、聞き流すこと。タマネギを入れると、鍋の味は甘くまろやかになるのだ。白菜を入れると水分が増えるので、味を整えるために、ここでも少量の砂糖、醤油と味醂をたらす。

シラタキや豆腐が煮立って、肉汁の味がしみ通ったときを見計らって、先に大皿に取り出しておいた肉を、煮えた野菜類の上に載せる。肉から濃い肉汁がたれる。その後、野菜や他の具材を追加して鍋の味が薄くなりだしても、大皿から肉を追加して野菜の上に載せると、濃い味が上からたれてしみ通り、鍋の味はつねに一定になる。

このようにすると、鍋のなかの具材がなくなるまで、牛肉は最後までやわらかく、一番美味しい状態で食べることができる。野菜はともかく、豆腐やシラタキを肉と一緒に煮ると、すき焼きの味を落とす。肉が固くなってしまうのだ。すき焼きの邪道である。

というふうなことを、毎回、わたしはすき焼き奉行をしながら、みんなに講釈するのだ。このすき焼きの調理法は、二十代のときからわたしが実践してきたもので、書道家の榊莫山がテレビの料理番組で教えてくれたものだった。それを見てから関西風のすき焼きを始めて、はや四十年の年期が入っている。わたし流にアレンジした箇所もあるのだが、このすき焼きを食べると誰もが、美味しい！

と声をあげてくれる。山小屋では「シジンのすき焼き」と呼ばれていて、セキさんが「今日はシジンのすき焼きですよ〜」と言うと、みんなが喜んでくれる。だから、わたしは黙々とすき焼き奉行を務めるのだ。

同じようなやり方をしても、家では絶対にシジンのすき焼きと同じ味にならないのよね、と言う村の山小屋メンバーの女性もいるのだが、たぶん、砂糖の量が足りないのだ。常識はずれの量を使うのだ。それでも甘くなりすぎない。これが単純なコツである。

六月に入って雨の日が続いた。霧のような雨。山小屋に来ると雨の日は書斎の前のベランダに椅子を置き、長い間、座っていることが多い。木々の葉から落ちる雨の滴を見ている。

山の気候は変わりやすい。ふいに雲が切れて青空が広がると、繁りだした雑草を引き抜き始める。ほんとうはそんなことをいまやらなくても、書斎に閉じこもってやるべき仕事があるのに、雑草が目につくと、いつのまにか引き抜いている。これが気分転換にいいのだ。

考えごとをしているときは、草むしりが一番いい。書斎の隣の芝生地に生えた雑草を抜く。あちらにも、こちらにも、芝生の間から出てくる雑草。一日過ぎると、また新しい新芽が出てくる。仇のようにそれらを引き抜く。ここの芝生は三年前に八百屋のキー坊さんが植えつけてくれたものだが、標高一三〇〇メートルの土地では、芝生はなかなかうまく育ってくれない。冬の深い雪と、驚くほど強く立ち上がる霜柱のおかげで、芝生地の土はめくれ上がり、毎年、芝生の根を弱らせ続けている。細々と残った芝生を護るために、雑草を仇のように引き抜く。

考えごとをしているときは、そんな根気のいる仕事が精神状態のバランスを保ってくれる。疲れると、白樺の木と栗の木の間に吊り下げたハンモックに横たわる。ゆっくりと揺れながら、頭上の梢に鬱蒼と繁りだした葉裏を見上げる。

そんなことを続けているうちに、ふと気づいたことがあった。人類は、森のなかにいたときも、草原で暮らすようになってからも、ずっと木々の葉を下から見上げてきたのではなかったか。類人猿が枝から枝へ伝っていたときも、葉を上から見るよりも、葉裏を見ることのほうが多かったのではないか。

十年ほど前、ネパールの首都カトマンズにいた夏のある日、突然、何時間も猛烈な雨が襲ってきたことがあった。ネパール人は雨の日も傘を持って歩くということが少ない。雨を避けるために、人々は大きな木の下に集まっていた。何十人も輪になっていて、その一番外側の人々は雨に叩きつけられたままなのに、木のまわりにいる。どういうつもりなのだろう。その姿を見ていておかしくてたまらなかったが、たぶん、木が守ってくれるという思いからなのだろう。

雨の日の木々の葉裏を見上げ、晴れだした空の下で木々の葉裏を見上げ、木漏れ日に心をなぐさめられる。人類はそんなふうに、葉裏を見て生きてきたのだと思う。

そんなことに気づいたとき、ここ数日、考え続けてきたとある問題に、するすると答えが出てきた。上から見るのではなく、下から見上げること。頑張って無理をするのではなく、もっとも自然な方法を選ぶこと。複雑に絡み合った紐が解けていくような気分になった。

おかしなものだ。人間がモノを考え、その解決の糸口を見つける瞬間というのは。

あれを考え、これを考え、木々の枝が繁るように、そのまま自分の考えを放置しておくと、垣根を越えて別の領域にまで考えの枝が広がり、ねじくれて収拾がつかなくなる。それをなんとか上から見下ろす方法はないかと考えていたのだが、それをやめた。下から見上げることにした。すると、繁って見分けがつかなくなっていた考えのルーツが見えてきて、答えがひとつにまとまったのである。わたしがそのときぶつかっていた問題は、木々の葉とは、なんの関係もなかったのだが。

東京にいたら部屋に閉じこもって考えているうちに煮詰まってしまう問題も、山小屋では自然のなかで呼吸するように考えることができる。六月の雨の山小屋は、わたしにとって救いだった。

雨のなかを、セキさんが里まで出かけて、知り合いのカラサワさんの家の垣根に実ったフサスグリ(レッドカラント)を、籠にいっぱい採ってきた。今年もジャムの季節がやってきたのである。さっそく八百屋のショウコさんと二人でジャム作りが始まる。旧館の台所が忙しくなったので、わたしは薬局のノブちゃんの車に乗せてもらって、キャベツ畑の見学に出かけた。六月になると、もっとも早く作付けした畑から順に出荷が始まっている。グリーンボールと呼ばれる、やわらかいキャベツ。浅間山が雲に隠れて見えない山裾で、パリパリとして美味しそうなグリーンボールが、蟹のような顔をして土から顔を出していた。

最近は嬬恋村のキャベツ畑の風景が外国の風景に似ているので、テレビのコマーシャルなどによく使われるそうだ。アマチュア・カメラマンが多くなって、彼らがキャベツ畑を撮影するポイントなどもあるそうだ。アイルランドの田舎に広がる羊の牧場のように、ところどころに林を残して、キャベツ畑はなだらかな起伏を持って、美しい風景を見せている。六月末、作付けが終わっているのは、キャベツ畑全体の六割といったところだろうか。

この時期になると、「コンコン平《だいら》」と呼ばれる峠の斜面に、天然記念物のレンゲツツジが真っ赤に咲き始める。緑のキャベツと、真っ赤なレンゲツツジ。この二つの色がそろい、わたしたちの山小屋の横の元スキー場の跡地に、アヤメの群落が天に突き刺すように濃い紫の花を咲かすと、もう夏の到来なのだ。山々に、カッコーの鳴き声が響く。

夕暮れ。山小屋に戻って、出来上がったジャムの小瓶に、「ALICE JAM」のラベルを貼った。わたしたちは山小屋を「アリスジャム山小屋」と名づけている。その名前の元がこのジャムなのだ。最初のジャムはういういしい。ともあれ、まず、出来上がったばかりのレッドカラントのジャムをパンにつけて食べた。たまらなく美味しい！

七月

夜道で怪鳥「花子」に出会う

午前一時頃のことだ。上信越道の小諸インターを下りて地蔵峠まで上り、そこから山小屋までゆっくりと車で下っていたときだった。運転していたセキさんが急にブレーキを踏んだ。

「あれは何?」

助手席にいたウチヤマさんが、「何だろう」と声をあげる。後部席にいたわたしは身を乗りだして、ライトの真ん中に照らされた奇妙なものを、見た。イタチ?

そいつは夜の道の真ん中で、左のほうを向いて、うなだれていた。動かない。全身が薄茶色に近い肌色で、異様に首が長く、その先に嘴らしきものがとんがっているのだが、首筋の色と同じでどこから嘴か区別がつかない。やわらかい肌色のチューブのように見えた。あとでウチヤマさんは目を見た、と言ったのだが、わたしには目がないように見えた。イタチか、と思ったが、二本足で立っているところをみると鳥のようだ。しかし、羽根らしきものが見えず、全身が肌色の巨大なヒルのようだ。気持ちが悪い。視覚的にも、ヌルッとした感触なのである。

夏から秋にかけて、タヌキはときどき、車の前に飛び出してきて、びっくりした拍子に、路上で正面を向いて固まってしまうことがある。警笛を鳴らしても逃げない。しかたなしに車をゆっくりと前進させると、瞬時に逃げる。それがあまりにすばやいので、車で轢いてしまったような錯覚に陥ることがある。タヌキ独特の人間の化かし方だ、と思う。

しかし、今回のヤツは、タヌキでもイタチでもなく、細い二本足なので明らかに鳥らしいのだが、こんな深夜に路上にいて、車に出会うと固まってしまう鳥というのは、これまで出会ったことがなかった。横向きで、顔を下に向けて、うなだれたまま、微動だにしない。高さは四〇センチくらいか。しかし、首の長さだけで二〇センチはあるように見える。

「ネズミ男みたい」とウチヤマさんが言った。まさしく、鳥がネズミ男になったような風体なのだ。

「鵺《ぬえ》?」それは妖鳥で、伝説の鳥だ。一分か二分、わたしたちは車を動かさなかった。それでもその鳥は動かないので、ゆっくりと右へハンドルを切った。ライトが動いた。

すると、いきなりそいつは、大きな羽根を広げたのである。

「うわっ」

わたしたちは驚いて声をあげ、車を止めた。全身が肌色だと思ったのだが、両翼の裏は真っ白だった。夜空に斜めになって舞い上がった。そのまま、漆黒の闇へ消え去った。

「何だったんだ?　いまのは」

「明日、トキザワさんに聞いてみましょう」とセキさんが言った。その怪鳥に出会ったのは、いつも氷のオブジェを作るときお世話になっているトキザワさんの食堂の近くの路上だったのである。「案外、トキザワさんが飼っていて、ああ、うちの花子がそんなところで遊んでいましたか、と言うかもしれないよ」。その話で大笑いになった。この村にはいろんな人が、思いがけないものを飼っているから、何がいても不思議ではない。それ以来、その鳥の名はわたしたちの間で、「花子」になってしまったのだった。

しかし、山小屋に近づくにつれて不安になった。巨大なヒルのような、へんなものを見てしまった感触が残り、どうにも気持ちが悪いのだ。三人とも、こんな体験は初めてだった。ウチヤマさんが言った。「山小屋の階段に、花子が十羽並んでこっちを見ていたら、東京に戻ろうよね」

さきほど見た怪鳥のイメージが戻ってきて、ゾッとした。思い出したくもない。山小屋に着いてから、さっそくインターネットで検索し、鳥類図鑑でも調べたのだが、わたしたちが出会った鳥は見当たらなかった。鳥ではなかったのだろうか。眠る前に、わたしは小さな紙に「花子」の似顔絵を描いた。翌日、これを見せて、村の山小屋メンバーに聞くためである。

知らないなあ、と全員が言った。どこで見たの？　と床屋のナカザワさんが言うので、峠を下りてきたところ、と伝えると、あのへんには、昔から村の伝説があるんだ、と彼は言った。

昔、峠の向こうの信州の娘が、嬬恋村の男に恋をして、毎夜、峠を越えて逢いに来ていた。あまりにそれが頻繁なので、あれは人間ではない、魔物に違いない、という噂が広がり、村人たちは、彼女を峠の近くで待ち伏せ、殺してしまった。その血が飛び散って、いまでも、峠では真っ赤なレンゲツツジの花が咲くようになった、というのである。わたしたちが出会った「花子」は、まさしくその天然記念物になっているレンゲツツジ群落の近くに現れたのだった。

トキザワさんに電話で聞くのを忘れているうちに、アキラ君がやってきた。二日後の七月二十九日に、夏の音楽コンサートを書斎で開くことになっていた。今年は、「こむろゆいコンサートin山小屋」と銘打って、フォークシンガーのこむろゆいさんが歌い、父親の小室等さんが伴奏することになっている。その準備のために、書斎を片付ける助っ人として、アキラ君はキャベツ仕事の休日を利用してやってきてくれたのだ。

書斎を片付けて、すっかりコンサートの用意が出来上がると、アキラ君に「花子」の絵を見せた。「こんなヤツ、見たことがないなあ」と彼は言った。「でも、この頃、へんな鳥が畑に現れるようになったんです。あれは鶴かね、と親父に聞いたら、違う、とだけ言ってたけど、親父も名前を知らないみたいだった」

キャベツ農家のヨシマサ君もやってきた。「最近、田代湖にへんな鳥がいっぱいいるみたいだよ」と言った。「汚い声で鳴くんだよ」

「キジみたいな声じゃなかった?」と薬局のナオミさんが言った。「見たことがない鳥が最近飛んでくるようになって」と、ナオミさんも言う。

どうも、「花子」は最近、この地域に現れるようになった鳥らしい。しかし、名前はわからない。結局、その怪鳥の正体がわかったのは、わたしたちが山小屋での夏のコンサートを終えて、東京に戻ってからのことで、インターネットを検索していたナオミさんが、これかもしれない、と見当をつけてくれたのである。

怪鳥の名前は「ヨシゴイ(葦五位)」。コウノトリ目サギ科。アシやヨシ原のある湿地に、東南アジアから渡ってくる夏鳥。危険を感じると直立不動に固まってしまう特徴を持つという。

ヨシの葉に擬態するヨシゴイ（「デジスコ依然日記」より）。撮影・長谷川訓寿

ナオミさんの報告には、ヨシゴイの写真が付けられていたが、ヨシの繁みのなかにいるそいつは、「花子」と同じ薄茶色に近い肌色をしていたが、首は短く、可愛らしすぎた。しかし、たぶん、こいつだろう。

インターネットでさらに調べてみると、わたしたちが見たのとよく似た怪鳥「花子」の写真が出てきた。首を異常に長くして、嘴を上に向けて固まっている。嘴を上に向けているところだけが、わたしたちが見たうなだれた姿とは違うのだが、これはヨシゴイがヨシの葉に化けて、擬態しているところらしい。葉が風に揺れると、ヨシゴイの首も葉と同じように揺れるという。首は、普段は折り畳まれている。ヨシの葉に擬態するときと、魚をとらえるとき、一瞬のうちに数倍伸びるのだという。

夜道でこの鳥と出会ったとき、ライトで照らしても動かなかったのは、首を伸ばしてヨシの葉に擬態していた、ということなのだろう。あまりにもライトがまぶしくて、両眼をつぶっていたのかもしれない。

奇妙な鳥がいるものだ。日本人は昔からこの鳥が擬態する姿を気味悪がっていたらしく、とくに鳴き声が「オーッ、オーッ」ともの悲しいので、「煩悩鷺《ぼんのうさぎ》」とも呼んでいたらしい。新潟県の下越地方では「幽霊鳥」とも「馬鹿鳥」とも言っていた。

調べていると、面白い記述にぶつかった。下越地方のこの鳥に関する伝説である。

昔、男運が悪くて、いつも男に騙されてばかりいる女性がいた。何人もの男に騙されて、ついに彼女は悲観して自殺をしてしまった。口惜しさのあまり、女性は一羽の鳥になって、夜になるとヨシ原から男を「オーイ、オーイ」と呼び止め、待ち伏せするようになった、という。

下越地方の伝説は、そのまま、嬬恋村の地蔵峠のレンゲツツジ伝説と重なってくる。わたしたちは峠で死んだ女性の幽霊と出会っていたことになるのだ。鳴き声は聞かなかったが。

そんなことを考えていると、山小屋にも遊びに来たことがある、赤坂見附でシングルモルト・バーを経営しているワタナベ・イッコウさんから伝言が届いた。ヨシゴイについて、わたしがインターネットのアリスジャム掲示板に書いたら、それを読んだらしい。「もともとサギはミューズの聖鳥で詩人を象徴する鳥ですから、仲間を求めての訪いだったのかも」と彼は言う。なんだって？　わたしの仲間だというのか。

古代エジプトでは、たしかに、青鷺は聖鳥だった。「ベヌウ」と呼ばれて、再生を願う死者の守護者でもあった。この神話はヨーロッパに入って、不死鳥（フェニックス）の祖型となった。

再生を願う死者の守護者、ということで言えば、それは古代から「詩人」の位置であった。死者の言葉を甦らせることは、わたしが詩を書くとき、つねに意識することだ。死んでいる者は口を閉ざしていない、といつも思う。わたしたちの意識の下に、そして「個」よりも「類」的な場所に、死者の言葉は生きていて、わたしたちを生かしている。それを見つけるのが、詩を書くということだ。

思えば、鷺というのは不思議な物語を連れてくる鳥である。最初に見た「花子」は、怪鳥というイメージしかなかったのだが、日々そのことを山小屋で語り続けているうちに、村の昔話につながり、他の地方の昔話とリンクし、エジプトの神話へとつながっていった。本来、言い伝えや伝説、神話というものは、こんなふうに人々が手探りで、物語と物語を重ね合わせて生まれてくるものではないだろうか。

「花子」が夏の間、田代湖にいるようになったのは、最近のことらしい。それまでは新潟県や他の地方の湖に飛来してきていたのだが、気候の変化のためだろうか、それとも餌の関係か、群馬県にも来るようになったようだ。五月から九月にかけて日本にいて、十月になると東南アジアへ戻っていく。昔からこの村にヨシゴイが飛んできていたら、村の人たちはもっと多くのヨシゴイ伝説を作っていただろうと思う。しかし、どうやら、それはこれから始まるかもしれない。

山小屋での「こむろゆいコンサート」の前日（七月二十八日）、中学校の校庭で、この村の夏祭「つまごい祭」があった。ステージでは小室等さんが歌い、こむろゆいさんが唱和した。わたしたちは今年、二日続けて小室父娘の歌を聴くという贅沢をしたのである。

「つまごい祭」で小室さんたちと一緒に舞台に上ったのは、村立田代小学校のコーラス部だった。子どもたちはバックコーラスをやった。この夏祭のあと決まったことだが、この小学校のコーラス部は、去年と今年と二年続けて、NHK全国音楽コンクール小学校の部で、群馬県代表になったのである。全校生約八十人しかいない山奥の村の小学校で、四十人近くがコーラス部に入っている。音楽指導のうまい先生がいるのだ。山小屋少女音楽隊のユリカちゃん、モエちゃん、マミちゃんは、もちろんコーラス部員だ。会場には、例年にない多くの人々がステージを取り囲んだ。

「つまごい祭」に小室等さんと、こむろゆいさんを呼ぶという企画は、薬局のノブちゃんが考えた。翌日の山小屋でのコンサートが、こむろゆいさんがメインになる、ということから始まった企画だった。

二十九日、午後二時から書斎で開いたゆいさんのコンサートは、圧倒的に濃密だった。左耳を手術して、その経過が思わしくないまま、新しく生まれた耳を自分の耳とするまでの静かな闘いについて、ゆいさんは語った。そして説得力豊かに歌った。彼女の歌う「銀色のランナー」を聴いて、涙する人が何人もいた。

山小屋の書斎は、四・八メートル四方の小さな空間である。観客は歌い手の足元にまでいる。聴き上手な観客たち。ミュージシャンにとって、こんな厳しい空間はないが、そこでうまく歌うことができたら、どこでも通用する。こむろゆいさんは、みごとな歌手復活をこの日果たした。「まだ、というか、どんどん、ジワジワ、湧いてくるんです。「歌ったぁ〜」って感じです」。山小屋から東京に戻ったとき、ゆいさんのメールが届いた。

怪鳥「花子」は、聖鳥として、ゆいさんの再生を祝いに現れたのかもしれない。

怒濤のような夏が過ぎた

田代湖の湿原に望遠レンズを向けた。ヨシの繁み近くにしゃがみ込んで、ヨシゴイ＝「花子」の気分になってみた。鳥の鳴き声はほうぼうで聞こえるが、「オーッ、オーッ」という「花子」らしい無気味な声はない。他の鳥の姿も見えなかった。八月中旬の午後五時頃のことだ。

ナカザワさんとアキラ君と三人で、田代湖に「花子」探索に出かけたのである。この湖は吾妻川と大横川と大沢川という三つの川から流れてくる水を貯めて、下流の発電所に送るための調整池として、昭和二年に作られた巨大な人工湖だ。キャベツ畑の真ん中にあって、あまりに大きいので天然湖のように見える。かつては開放されていたが、発電にともなう水位の変化が激しく、子どもたちが遊泳中に何人も死んだこともあって、いまは周囲に柵がめぐらされていて岸辺に立つことはできない。人間が入らなくなったので、鳥たちの天下になっている。柵の近くまでヨシの繁みは迫ってきていた。

田代湖の名を逆さまに読んでみたら？　という謎かけがこの村にある。「コロシタ」と読める。怖い名前に変化するのだが、そんなふうにこの湖は、現在、子どもたちに恐れられるようになっている。しかし、夕暮れの田代湖は美しかった。わたしたちは二時間ばかり湖の周囲にいたのだが、ついにこ

田代湖で「花子」探索

の日、「花子」らしき鳥の姿を確認できなかった。

「シジン！　どこにいるんですか？」

「花子になっちまったんじゃない？」

アキラ君とナカザワさんの声が聞こえた。「花子」がヨシの葉に擬態するように、わたしがヨシの繁みの中で動かないでいると、姿が見えなくなったらしい。なるほど、ヨシの湿原は隠れるのにもってこいの場所なのだ。わたしたちは、この湖は野鳥の自然観察公園として開放したほうがずっといいなあ、と言いながら山小屋まで戻ったのだった。

アキラ君の家のキャベツ畑は田代湖のすぐ近くにあって、仕事をしていると、毎日、ニホンカモシカの家族がやってくるという。人間を怖がらず、トラクターの音にも怯えない。「腹が立つので、ときどきキャベツを投げつけてやるんです」と彼は言った。ニホンカモシカは国の特別天然記念物に指定されているので、人間が害を与えることはないということをよく知っている。そういう動物や鳥たちが集まるのが田代湖の周辺なのだ。

田代湖探索の翌日、午後四時頃、彼はキャベツ畑にいた。「花子」らしき鳥が湖の上空を浅間山の方角へ飛んでいくのを見た。美術の専門学校を出ている彼は、さっそく山小屋に来て絵を描いてくれた。

「こんなふうに、首がへんに折れ曲がっているんです」と言いながら見せてくれた絵には、首がZのように重なって飛んでいる奇妙な鳥の姿があった。必死に観察した様子がよくわかる。ヨシゴイは夜行性なので、午後四時頃、湖から外へ出ていく習性があるということがわかった。

わたしたちが「花子」と名づけたヨシの湿原に住む五位鷺《ごいさぎ》（ヨシゴイ）は、前回紹介したように、日本では怪鳥としての伝説を持っていた。しかし、古代エジプトの鷺の仲間は聖鳥でもあった。そのことを知ってから、わたしのなかでは、「聖」なるものは目の当たりにすると妖しげで恐ろしいのだ、ということがずっと気になり続けている。日本の古代神話でも、奈良と大阪の県境にある葛城山に住んでいた「一言主神《ひとことぬし》」の顔は醜かった。そのため、めったに昼間は外に出ず、夜にだけ仕事をした、と言われている。芭蕉は古代神話を踏まえて、こんな句を作っている。「猶《なお》みたし花にあけゆく神の顔」。

共同体のなかで生きる神話や伝説は、「聖」と「俗」とが一本のパイプの両端に、磁針のN極とS極のように置かれている。パイプは共同体という磁場の上にあって、磁場の向きが変わると、「聖」がこちら側に見えたり、一回転して「俗」が見えたりする。そんなことをわたしは、三十年ほど前、北九州で「地神盲僧《じしんもうそう》」と呼ばれる琵琶法師の語り物を調査していたとき、教えられた。熊本県や佐賀県の田舎で、普段は乞食《こつじき》と同じように扱われている盲目の琵琶法師が、祝い事や儀礼になると琵琶語りを所望され、聖者として尊敬されるのである。

詩や詩人というのも、本来はこうあるべきではなかったのか。何人もの盲目の老琵琶法師に出会ったときからずいぶん時が経ったが、そのことはわたしのなかで一貫した思いとしてある。怪鳥「花子」がわたしにもたらした大きな問いかけだ。

アキラ君が新館の前の階段で空を飛ぶ「花子」の絵を描いている横では、二歳年上の武蔵美の木工科四年生の甥のジュンジが、峠の蕎麦屋「雨過山坊」の看板を描いていた。去年の夏、一枚目の看板が出来上がり、すでに蕎麦屋の近くに建っているのだが、「雨過山坊」主人のミッチーは、あの看板のおかげで客の入りが三割増しになった、看板を二枚頼んだはずだからそれが出来上がると六割増しになる、とジュンジをおだてたのである。「では、七割増しをめざして」と言ってジュンジは看板描きに夢中になっていた。「なんだよ、それじゃ、蕎麦が売れるのは俺の腕じゃないみたいじゃないか」とミッチーは豪快に笑った。同じデザインで二枚目の看板となると、横で見ていても仕事の段取りがよくなっているようで、順調な仕上がりだ。

このあたりまでは山小屋の夏の始まりとして、おだやかな滑り出しであった。怒濤のような夏が来たのは、この後だった。

アキラ君とジュンジという美術関係の青年が二人いるところに、今回は草木染めのグループが加わった。東京からやってきたヨコヤマ・ヒロコさんが、イナミさん、オマシさん姉妹と四人で、大きな鍋に草の茎や葉、根などを入れて、焚き火コーナーで煮出しを始めた。ヨコヤマさんは草木染め作家だ。山に生えている名もない草で染める、という課題に挑戦して、わたしたちが毎年秋に草刈りをしているスキー場跡地から、アザミ、月見草、ススキなどを採取してきた。同じ草でも、季節によって出る色が異なるらしい。アザミは薄い黄色に、月見草は濃い紫に、この時期のススキはもっとも美しい黄色に染まる。焚き火コーナーに近寄ると、まるでお茶屋さんの店先にいるようだった。鍋のなかから、蒸したお茶の葉の匂いのような、かぐわしさが漂ってくる。

わたしはせっせと「窯爺《かまじい》」をやった。山小屋の焚き火奉行としては、火の加減を人に任せておけないのである。「窯爺」というのは、アニメーション「千と千尋の神隠し」（宮崎駿監督）に登場する、手が六本もある窯焚き爺さんの名前で、わたしが遠くにいても火の加減が悪くなると、ヨコヤマさんは大声でわたしを呼んだ。「窯爺！　ちょっと来て！」

白い布が、みるみる美しい自然色に染まっていくのを見るのは楽しい。まして何枚もの色とりどりの布が木漏れ日が落ちる山の斜面に干されて、風に吹かれている風景といったら。いくら見ていてもあきない。

山の草を山の水で煮出す。東京の水で煮出すと、同じ草でもこんな色になりません、不思議だなあ、とヨコヤマさんは染まっていく色をみながら、何度も言った。この草木染めに、里の旅館のタイコさんが惚れ込んだ。ヨコヤマさんたちが旅館のお湯に入りに行ったとき、出来上がった一枚を彼女にプレゼントしたのがきっかけだった。たちまち、旅館の一角に草木染めコーナーを作るプランが生まれたのだった。すでにタイコさんの旅館では、山小屋常連の木工家具師オオタケ・オサムさんの作品コーナーも出来ていて、その横に草木染めコーナーが新たに出来ることになったのである。

にぎやかにお喋りが続く草木染めでわたしたちが遊んでいたとき、八月十七日から十九日まで、わたしが顧問をしているVOICE SPACE（東京藝術大学現代詩研究会）の一団が、夏の山小屋合宿にやってきた。去年に続いて二回目の合宿だ。

VOICE SPACEは音楽の演奏グループだから、草木染めグループのお喋りよりも、山小屋はさらににぎやかになった。山小屋のいたるところで、ノンタンさんのフルート、シュウゾウ君のロー・ホイッスルとバンジョーが鳴り出し、作曲家のユミさんが新作をメロディオン（鍵盤ハーモニカ）で演奏して、ユウジ君が箏で合わせる。ソプラノ歌手のサラさんは、山小屋でバウロン（アイルランドの太鼓）に目覚めて、無心に叩き続ける。山小屋に初めて来たタカコさんがティン・ホイッスルを吹く。

VOICE SPACEのメンバーには事前に、草木染めもやります、と伝えておいたため、代表のマキコさんはさっそく、ヨコヤマさんたちと草を採取しに行った。戻ってきたとき、彼女は花娘になっていて、背負い籠から赤紫のハギの花がこぼれ出た。嬉しそうだ。彼女の持ってきた白い布は、やがて月見草に染められて濃い紫色になった。

このサークルのもう一人の顧問であるエーメー先生は、奥さんのハーピスト、シノブ先生と一緒だった。シノブ先生は、村の小学六年生のユリカちゃんとの約束を果たすために、わざわざやってきてくださったのである。

ユリカちゃんがシノブ先生の斡旋で、ハープを手に入れたのは今年の三月中旬だった。それ以来、モエちゃんがVOICE SPACEに刺激されて練習を始めたマンドリン、マミちゃんのキーボードと合わせて、薬局のノブちゃんとナオミさんの指導で山小屋少女音楽隊が結成され、アイリッシュ音楽の練習を続けてきた。レパートリーは現在五曲にもなっている。

しかし、本格的なハープの基礎レッスンは受けていないので、シノブ先生の登場が待ち望まれていたのだ。「夏にはそちらにうかがいますから」というシノブ先生の言葉に励まされて、いままで練習してきたのだが、照れ屋のユリカちゃんは、シノブ先生にベランダで出会っても、うまく挨拶ができなかった。あんなに先生を待っていたのに！　と横にいたわたしがじれったくなるほどだった。

音楽教育の専門家であるシノブ先生は、にこやかに笑いながら、ハープをどのように両膝に置くか、というところから指導を始めた。ユリカちゃんはこれまで右膝の上にハープを置いて、左手でハープの木枠を摑み、右手だけでギターの弦を爪弾くように強く弾いていたのだが、両膝をそろえて、その中央にハープを置くこと。小指以外の四本の指で、ジャンケンでグーとパーをするときのように、手を開いたり閉じたりして、両手で弾くこと。できるだけやさしく弾くことなどを教わった。

「自分だけで楽しみたいのなら、自由にどんなふうに弾いてもいいのよ。でも、誰かに聴かそうと思うなら、基礎をちゃんとやりましょう」

シノブ先生はこの日のために、アメリカからハープの初歩の楽譜を取り寄せてくださっていて、それをもとに、ユリカちゃんと先生の二人だけの練習が旧館前のベランダで始まった。別の場所では、シュウゾウ君がモエちゃんにマンドリンを教えている。今年はアイリッシュのダンス音楽だ。少女たちはシュウゾウ君が大好きだから、ハープの練習をしながら、ユリカちゃんはそちらのほうに気をとられる。集中力が途絶えそうになると、シノブ先生はたくみにシュウゾウ君たちとの伴奏に加わり、しばらくするとまたふたたび、場所を変えて、隣の芝生にユリカちゃんを呼び寄せ、みんなと隔離して教えた。なるほど、と思えるような、少女の気分を知り尽くした、うまい教え方だった。

一日目の夜は里にあるタイコさんの旅館でVOICE SPACEのコンサートを開き、二日目の夜は、峠の旅館でコンサートを開いた。VOICE SPACEの夏の合宿は今年で二回目なのに、いつ来るのかと村のみんなが待ち望むようになっていた。そればかりではなく、毎年この時期に温泉旅館に逗留しているお客さんまでが、今年はいつ来るのか、と待っていたのである。

モエちゃんがこの一年間、どんなにマンドリンがうまくなったか。タイコさんの旅館でのリハーサルのとき、「ちょっと弾いてみて」と、サラさん、マキコさんたちに言われて、物おじせず弾いたときがあった。「いいね！」と二人は言い、いきなりサラさんとマキコさんが「サリーガーデン」を英語の歌詞で歌い、それにシュウゾウ君のホイッスル、ノンタンさんのフルート、ユミさんのメロディオン、マミちゃんのピアノ、というふうに次々と楽器が重ねられていく。

VOICE SPACEの演奏はコンサートが終わってからも、山小屋でノブちゃんのギター、ナオミさんとタイコさんのロー・ホイッスル、木工家具師のオサムさんのケーナも加わって、遅くまで続けられた。シノブ先生とユリカちゃんの二台のハープが加わると壮観だ。近くのオートキャンプ場から、最初の夜は、あまり遅くまで音楽をやらないように、と注文があった。翌日の夜はオートキャンプ場のある森のほうから、拍手が聞こえてきた。テントに泊まっているお客さんからの、ブラボーの拍手だった。

田舎の日曜日

九—十月

山の空気は、急速に透明になってきた。紅葉が始まり出した。漆の真っ赤な葉が、蠟燭の火が燃えるように山肌にぽつんぽつんと灯り出す。日本は漆の国だ、ということを秋になるたびに思う。漆の語源が「麗《うるわ》し」あるいは「潤《うるお》し」である、というのもよくわかる。

書斎の窓から見える太い白樺の幹に、ツタウルシが巻きついている。夏の間は葉が緑にそよいでいたのに、いまは美しいオレンジ色に染まった。

「ツタウルシは、一番危ないですよ。とくに夏が危険です。葉に触ると必ずかぶれますから」と、役場に勤めているサトウさんが言ってくれたが、わたしはこよなくこの白樺に巻きついたツタウルシの葉を愛している。まるで山小屋の歴史を象徴するような、古い白樺の木なのだ。その木に巻きついてツタウルシは四季の彩りをレリーフのように見せてくれる。危険なものほど、美しく魅力的だ。

九月から十月にかけて、山小屋の秋の行事は例年より多くなり、集まる人も増えた。

九月中旬、ブルーベリーを摘みに四阿山《あずまやさん》へ登った。しかし残念なことに、ブルーベリーの収穫には一週間ほど時期が早かった。紫色に熟している実が少なかった。ほとんどがまだ緑色で小粒だ。わたしたちは山頂に数時間いて、少量の熟した実を収穫できただけだった。雨が降り出し、またたくまに天気になり、雲が恐ろしいスピードで山の尾根を越えていった。菅平から嬬恋村の方向へ、龍のような姿をして雲は走る。標高二三〇〇メートル。わたしたちは長い間、雲のなかにいた。

山道の途中にあるコメツガの原生林のなかで、松茸を探したのだが、これも時期が早かったようだ。案内してくれた八百屋のキー坊さんの話によると、気温が七度以下にならないと、茸の菌は目覚めないのだという。まだ、夏の暑さが残っている時期だった。山の獲物に出会うタイミングは、とても難しい。

ブルーベリーが収穫できなかった代わりに、ナカザワさんの床屋仲間が、農地にブラックベリーを育てているということを知り、みんなで摘みに行った。嬬恋村にブラックベリーなんて、珍しい。苗を手に入れて育てたものだという。山小屋から車で二十分ほどの距離にある干俣《ほしまた》地区にある畑だった。広大なキャベツ畑の間を走って目的の地に着くと、四本の長い畝にブラックベリーは勢いよく育ち、蔓同士がからまって、畝の間はゲートのようになっていた。採りきれないほどのベリーだった。

ブラックベリーの粒々した黒い塊を見たとき、数年前、詩の朗読ツアーでアイルランドを一周したときのことを思い出した。ブラックベリーは、アイルランドの田舎道のいたるところに自生している。西海岸にあるディングル半島の先端、ベントリー湾に面した土地に、アイルランドを代表する女性詩人の一人、ヌーラ・ニー・ゴーノルさんの小さな別荘があった。そこに泊めてもらったとき、詩人の高橋睦郎氏と二人で朝の散歩をした。ブラックベリーがいっぱい実っているよ、とヌーラに報告すると、朝食代わりに食べましょう、と彼女に言われ、わたしたちは手に持ちきれないほどのブラックべリーを摘んだのだった。大きな皿に山盛りにして、ミルクをかけて食べた。シャリシャリとした感触と、口のなかに残る小さな種。

アイルランドでは九月二十四日以降のブラックベリーは食べてはいけない、と言われている。「ブラックベリーの上に妖精が乗っているから、病気になる」と、ヌーラはいたずらっぽい目で教えてくれたのだが、なんでも妖精のしわざにするアイルランド独特の言い伝えである。その時期になると、ベリーに菌が付いて、白い黴のようなものに包まれるのだ。

そんなことを思い出しながら、ブラックベリーを摘んだ。セキさんは「夢みたい！」と言いながら、笊にいっぱい摘んで山小屋に帰ると、さっそくブラックベリーのジュースを作った。氷を入れて飲むとすこぶる甘くておいしい。真っ赤な色のジュースは、目で見ても涼しげだ。ここから、思わぬ方向にブラックベリー人気は高まっていった。

里の旅館の女将、タイコさんが山小屋に遊びにきて試飲し、ブラックベリー・ジュースは、たちまちのうちに旅館の喫茶室のメニューに加わることになった。おまけに、ブラックベリーを旅館の庭に植えてみよう、宿泊客に摘んでもらえるようなベリーの庭にしたら面白いな、というアイディアが生まれて、農地の主からとりあえず数株をわけてもらって、植えたのだ。何年先になるかわからないが、旅館に大きなブラックベリーの庭ができると、アイルランドの田舎のような風景になるだろう。しかし、標高一三〇〇メートルの土地に、ベリーはうまく育つだろうか。それよりも、今年の冬の雪を越せるだろうか。

その話を電話で聞いた草木染め作家のヨコヤマさんが、実験意欲を湧かしたらしい。ブラックベリーで布を染めたい、と言い出したのだった。ふーん、なんでも染められるんだ、とわたしは驚いた。いったいどんな色になるんだろう。

ナカザワさんがクール宅急便でヨコヤマさんにブラックベリーを送ると、彼女は東京でジュースを作り、その搾りかすと茎を煮て、布を染めた。驚くべきことに、ブラックベリーは実に美しいピンク色に染め上がったのである。ヨコヤマさんが山小屋に持ってきた布を見ると、真珠色の光沢を放つような色になっていた。

十月の山小屋での草木染めは、ヨコヤマさんとイナミさん、ナカザワ夫人のヒロコさんが加わって、大いに盛り上がった。草木染めの植物採集には、トクさんとナカザワさん、タケさんが参加した。このとき、トクさんは着替えのシャツをヤマグリのイガで赤茶色に染めてもらったのだった。これを鉄媒染した布は銀鼠色になった。紅葉が始まったヤマブドウの蔓、ヤマザクラの葉、枯れススキの茎は、どれも黄色に染め上がった。

十月は毎年、草刈りの季節だ。今年は十日あまりの間、大勢の人たちが登場してスキー場跡地の草刈りを続けた。長野原のトクさん、渋川のタケさんたちが最初に草刈り機を回し始め、穂高からオサムさん、熊谷からワタナベさん、東京からナカムラさん。フォークシンガーの故高田渡夫人のトモエさんは、音楽マネージャーのウチヤマさんと友人のヒロミさんの三人でやってきて、草刈り鎌で下草を刈った。

地元からはヨシマサ君と、嬬恋村役場のサトウさんが草刈り機を回した。サトウさんは草刈りが終わると、山小屋のベランダで「サリーガーデン」をチェロで弾いた。チェロの重厚な響きが薬局のノブちゃんのギター、ナオミさんのロー・ホイッスル、ユリカちゃんのハープに合わさると、なんと音が分厚くなることか。サトウさんは大学時代にチェロを始めたが役場に勤めるようになってから止めていた。最近、チェロに復帰したそうだ。ユリカ、モエ、マミちゃんたちの山小屋少女音楽隊のバックに、これからはチェロが加わるようになるといいな。

草刈りでの一番の難関箇所は、山の頂上近くの斜面である。その斜面全域を一人で踏破する、という目標を立てたのは、草刈り隊長、芦生田から来たアワノさんだった。みんなが休んでいるときも、アワノさんの回す草刈り機の音が山の上から聞こえ続けた。

アワノさんは草刈りを終えると山小屋に戻ってきて、「ちょっと怖くなりましたよ」と言った。「スキのなかに、クマの寝ころんだあとが、いくつもあった。山小屋と目と鼻の先の斜面でクマは遊んでいたんですよ」。やはり、クマは今年も、山小屋近くに降りてきているのである。

わたしは十月の草刈りに参加できなかった。草刈りが始まったときは、中原中也の故郷山口で、VOICE SPACEのグループと朗読劇をやっていた。今年は中原中也生誕百周年にあたっていて、各地でさかんにイベントがある。そのひとつがわたしの関わった朗読劇で、タイトルは「子守唄よ――中原中也をめぐる声と音楽のファンタジー」。母親フクと息子・中也との、対話の物語である。中也の詩に新しい曲をつけて歌い、朗読し、演奏する。舞台では昭和初年代の山口の風景も映像で写した。

フクの回想を朗読女優の小口ゆいさんが語り、中也の役を箏のユウジ君が演じた。彼は母親の期待を裏切り続ける役を、若々しくみごとにこなした。母と子のすれ違う思い。それがこの朗読劇のテーマだ。中也は盲目の箏弾きとなってあの世から戻ってくる。中也の恋人の長谷川泰子役はソプラノ歌手のサラさん。彼女は朗読とともに、「湖上」と「坊や」を歌った。

わたしは今回初めて舞台の演出をやった。山口公演は市内にある平川小学校の合唱団に参加してもらったこともあって、大成功だった。朗読劇の最後に、中也の詩「子守唄よ」をVOICE SPACEが歌い、二階の客席から小学生三十人が唱和するシーンを作った。天使の声が天井から客席に降り注ぐようだった。舞台中央のスクリーンには、中也の赤ん坊時代の写真から十八歳の青年になるまでの写真が、ゆっくり写り、消えていく。四百人近くの客席から、すすり泣きの声が聞こえてきた。

VOICE SPACEのメンバーは、夏の山小屋合宿で小学生たちとのコミュニケーションに慣れたようだ。あとで聞くと、作曲のユミさんは「どうしよう、小学生たちへの合唱の指導は？」と、山口に着いてから少々不安になったらしい。脚本のマキコさんは、「小学生はみんな、山小屋のユリカちゃんだと思えばいいのよ」と言ったらしい。「やってみたら、やっぱり、みんなユリカちゃんだった！」と、二人が笑いながら言った。この朗読劇は山口公演のあと、中原中也の命日の前日、十月二十一日に東京のサントリーホール（小ホール）でも公演するので、いまもリハーサルが続いている。ここでも小学生たちを使いたくて、山小屋少女音楽隊の三人の出演を考えたのだったが、少女たちは秋のバレーボール大会などで忙しく、断念した。

草刈りが終わりに近づいた頃、わたしは山小屋にようやく駆けつけることができた。去年作った「風のブランコ」を新しく作り直すためだ。これは、草刈り隊の活動と並行してやることになっていた。

ネパール式の「風のブランコ」は、すべてが竹でできているので、一年が限度だ。現地のネパールではわずか一ヵ月で消えるブランコを、わたしたちは一年持たしたのだった。四本の太い竹の支柱は、方々に亀裂が見えるようになった。竹も乾燥してしなやかでなくなり、ブランコの揺れも少なくなった。

二代目の「風のブランコ」を作るために、トクさんとナカザワさんは、すでに山小屋に四本の竹を準備してくれていた。ヒンズー教の生贄の儀式をやるために、今年も雄鶏を用意した。しかし去年、雄鶏を飼ったとき、明け方の凄まじい鳴き声に懲りたナカザワさんは、ブランコを作るその日に雄鶏を養鶏場からもらってくる、という周到な計画を立てていた。今年は寝不足にならないで済むだろう。

アジャール君が奥さんのキョッキーと一緒に「風のブランコ」作りにやってきた。ネパールから日本に戻って四日目だという、従姉妹のルリちゃんと一緒だった。「ルリ」というのは綽名で、ネパール語で「弱い」という意味を持つ。彼女が生まれたとき、とても弱々しく見えたので、家族は「ルリ」と綽名をつけ、それがそのまま本名のように使われてきた。アジャール君も彼女を日本に呼ぶまで、本名を知らなかったらしい。ビザの申請をして、初めて正式な名前が「サリタ」であると知ったという。

わたしも彼女を「ルリ」と呼ぼう。紹介してもらって、しばらく「サリタ」と呼んでいたが、「ルリ」と呼んだほうが彼女の反応が早いのである。ルリちゃんは二十七歳。無口で恥ずかしがり屋。自分の意見をめったに言わない。典型的なネパール女性である。彼女の物腰を見ていると、まるでネパールに行ったような錯覚に陥る。

アジャール君は、トクさんが竹藪から切り出し、ナカザワさんと一緒に山小屋まで運んできた四本の竹を一目見て、言った。

「これはダメです。細すぎます」

ルリちゃんは長く田舎に住んでいたので、ブランコ作りは見慣れてきた。アジャール君よりも、作り方をよく知っているという。彼女も首を振った。「もっと太い竹を切りに行きましょう」とアジャール君はトクさんに電話で言った。トクさんは抵抗をしていたが、やがて諦めた。

日曜日。ブランコ作りの日。早朝六時に起きて、総勢七人で竹藪まで出かけた。十月中旬になると、村のキャベツ農家は最後の出荷を終える。あとは来年春まで、長い休暇になる。半年あまり、ずっと日曜日が続くのだ。早朝の道路にはキャベツ運搬のトラックも見当たらない。一二メートルあまりの長い竹は、四トントラックの荷台から大きくはみ出す。わたしたちは太い竹を切り出すやいなや、全速力で田舎道を走ったのだった。

二代目「風のブランコ」の失敗

十一月の山小屋は、枯れ葉が雪のように降り積もる。階段からベランダまで、いくら掃いても枯れ葉だらけだ。

浅間山は二度目の冠雪を迎えた。噴煙がたなびく頂上付近だけ白くなっていて、可愛らしい。この山に三度目の冠雪が訪れると里に雪が降る、というのが村の言い伝えである。

「アキラ君、ハタケブチはもう終わった？」

八百屋のショウコさんがアキラ君に聞いた。

「うん、終わったよ」

旧館で夕食を食べながらの話だった。わたしにはなんのことだか、さっぱりわからない。

「ハタケブチって、何？」

「畑ブチ」と書いて、畑をぶつ。畑を殴ることらしい。この地方の、実にリアリティのある言い方だ。出荷が済んだキャベツ畑の土をトラクターでかきならして、整地すること。畑に残ったキャベツの葉の切れ端などは、土をひっくり返して土中に潜らせ、来年度の養分にする。

「あれっ、そういう言い方しないの？　標準語だと思ってた」とショウコさんは言い、隣にいたナオミさんは実家のある高崎でも「ハタケブチ」と言ったと教えてくれた。関西出身のわたしは群馬方言の、それも農業用語についてはどれもが物珍しい。

山小屋の台所は、セキさんを中心として、ユリカちゃんのお母さんであるショウコさん、薬局のノブちゃんの奥さんであるナオミさん、床屋のナカザワさんの奥さんのヒロコさん、左官屋の奥さんのマッちゃん、という強力な五人の主婦が集まると、どんな大人数の宴会でも、楽々とこなすシステムになっている。

男どもは、昼間でも夜でも戸外の山小屋バーにたむろして、焚き火を囲みながら魚やトウモロコシを焼き、酒を飲む。旧館から運ばれてくる食べ物をつまむ。やがて、台所仕事が終わった女性グループも合流し、夜遅くまで喋りあう、ということになるのだが、最近、この動きが変わってきた。

山小屋で草木染めが始まってからである。昼間から、山小屋バーのある焚き火コーナーを占拠するのは女性たちばかりになった。にぎやかである。草木染めの専門家のヨコヤマさんと、彼女の従姉妹のイナミさんが中心になって、次々と山の草木を大鍋に入れて煮る。焚き火は一日中、絶えることがない。

イナミさんはさまざまな料理を考案し、お菓子を作り（現在、彼女が研究中なのは、嬬恋村の花豆を使ったケーキ「クグロフ」である）、山小屋のシェフと呼ばれ始めている。

そのまわりにショウコさん、マッちゃん、ナオミさん、ヒロコさん、旅館のタイコさんがいる。

今回の草木染めのテーマは、「キハダ」の木の皮と、桜の木の枝だった。「キハダ」が山のどこに生えているか。そういうことを知っているのは八百屋のキー坊さんで、彼は朝、山小屋に到着するなり、

染色した布を嬬恋の風で干す

「採りに行ってくるよ」と言って、車でどこかへ消えた。しばらくすると、大きなキハダの枝が何本も運ばれてきた。

渋川からタケさんが奥さんのアキコさんと一緒にやってきた。もちろん、アキコさんもすぐに草木染めグループに合流する。タケさんは、二代目の「風のブランコ」作りに参加するためにやってきたのだが、気がつくと、いつのまにかキハダの表皮を斧で剝ぐ作業をやり出している。新鮮な黄色い木の肌が現れて、それを数センチの大きさに切って、鍋に入れる。

毛糸が素晴らしい黄色に染め上がり、絹の布や靴下やシャツなどが、次々と黄色になって、山の斜面に干された。面白いことに、黄色く染められた毛糸は、太陽にあたる時間が多いと、レモンイエローからクリームイエローに変化して、独特の風合いになった。

桜の枝は、タイコさんが持ってきた旅館の温泉のお湯で煮たらどうなるだろうか、ということで興味津々の実験が始まった。煮出汁はあっという間に薄い紅色になり、時間が経つにしたがって、薄紅色から紅色へと、急激な変化を見せた。汁が酸化するにしたがって、紅色が濃くなるのである。

凄い、凄い！　という声が山の斜面に響き、男たちは「風のブランコ」作りの準備をしながらも、その声を聞くたびに、なんだ、なんだ、と気になって見に行く。

今回の「風のブランコ」作りは、みごとに失敗した。こんなことになるとは、誰も思ってもみなかった。アジャール君が梯子に登り、トクさんが登り、何度やり直しても、四本の竹の支柱に載せた横棒が、ブランコを漕ぐにしたがって、斜めになり、かしぐのだ。

乗っている人間には、そのことはわからない。多少、踏み板（ネパール語で「ピリカ」）が斜めになる、という程度で、前回のものより素晴らしくよくしなり、高く漕げる。しかし、上を見上げると、横棒が三十度くらい斜めになっている。激しく漕ぐにしたがって、四本の竹の支柱の中心にあるべき横棒が、山側にはみ出し、ずれて斜めになるのだ。そのため、長く垂れさげたロープの位置もずれていく。今年の横棒は、太い竹ではなく、四メートルの長さの単管パイプを使った。このほうが丈夫だろうと考えたのである。しかし、どうもそれが失敗だったらしい。単管パイプはすべりやすいのだ。

それだけではなしに、支柱にした四本の竹にも問題があった。竹林で竹を探したとき、まっすぐに伸びている太い竹が二本しかなかった。他の二本は上空で軽くカーブしているのを選んだのだった。どうせ、支柱にしたとき曲げるのだから、これでもいいだろうと判断したのだが、組み上げてみると、カーブした竹は重力に弱かった。しかも、その二本を山側の支柱に使ったため、揺れのピッチが狂う。

うーん、難しい。どうして、去年作った一代目の「風のブランコ」があんなにうまくいったのか。ビギナーズ・ラックでしかなかった、ということを思い知らされた。

雄鶏を生贄にするヒンズー教の儀礼も、去年と同じようにアジャール君がやった。元気な雄鶏で、首を刎ねてもなかなか死ななかった。おまけにこの雄鶏は首がなくなっても、コケッコーと鳴いたのである。アジャール君が雄鶏の羽根を両足で押さえつけ、息が絶えるのを待っていたとき、その足元で彼は鳴いたのだ。どこから声が出たんだ？　と不思議だった。どうやら、胸のあたりに鳴く装置があるらしい。

「来年からはね」と、トクさんが青ざめた顔で言った。「雄鶏の絵を紙に描いて、それを燃やして、神様に捧げることにしたらどうかね」

死んだ雄鶏に熱湯をかけて、アジャール君の従姉妹のルリちゃんが手慣れた手つきでさばき始めた。雄鶏の羽根を毟りながら、ふふふっ、と笑っている。何を笑ってるの、とアジャール君に聞くと、「こんな年寄りの雄鶏は見たことがない」とネパール語で言ったらしい。トサカの大きさで若いか年寄りかがわかり、羽根を毟ったあとの肌でも判断できるという。案の定、皮は硬く、肉も硬くて、ネパール・カレーを作ろうとしたのに作ることができず、スープにする以外になかった。

ともあれ、そんなふうにして、二代目のブランコが立ち上がったとき、初乗りをしてくれたのは、ルリちゃんだった。彼女は結婚していないから、その資格があるのだ。

二代目の「風のブランコ」は、四本の支柱の位置を外側に一メートル広げて、一代目のブランコより敷地を大きくした。ブランコの上空近くを見ると、山側からカシの木の枝が出ていた。あの枝を払おう、とアジャール君が言った。そのとき、誰よりも早く斧を手にして、太いカシの木にするすると登っていったのはルリちゃんだった。裸足である。みんな、目を丸くしてその姿を見た。

ネパールでは、薪を拾ったり、木に登って枝を切るのは女性の仕事である。台所の竈で燃やすためである。火を守るのは女性の役目だ。ああ、そうだった、とルリちゃんの木登りを見ながら、わたしはネパールの女性たちの習慣を思い出した。しかし、なんの苦もなく、あたりまえのように裸足で木に登る若い女性は、日本にはいない。彼女が片手で木の幹を摑み、もう一方の手で斧をあやつって枝を払うたび、地上で見ていた日本人全員から、オオーッと驚きの声と拍手が起きた。その声を聞いて、高い木の上でルリちゃんは不思議そうな顔をした。

「尊敬するよ、ルリちゃん」と、ナカザワさんは夜の山小屋バーで、酔っ払いながら何度も彼女の木登りを誉めた。ルリちゃんは恥ずかしそうに、「誰でもできます」と答えた。

それから二週間後、再び、二代目の「風のブランコ」の手直し工事をやった。横棒を太い竹に変えることにしたのである。秋晴れの一日だった。再びアジャール君がブランコのてっぺんに登った。男たちはアジャール君が乗った長い梯子を、地上で支え続ける。草木染めをしていた女性陣も駆けつけ、みんなで竹の支柱に結びつけた長いロープを引っ張って、竹を曲げた。

ああ、これは、山小屋の秋祭りだな、と思った。まるで、梯子乗りの曲芸のようだ。「風のブランコ」作りが山小屋恒例の秋祭りになるとは。

秋の一日をかけての工事になった。東京から絵本の出版社に勤めるコウイチ君と友人のナガミネ君、リエちゃんと友人のタヅコちゃん、わたしの甥のジュンジ、前橋からブログ・デザイナーのオカダ・

ジュン君らが来た。みんな二十代から三十代。若い力が加わって、今度こそ二代目「風のブランコ」は立派に立ち直るだろう、と思ったのだったが、またもや失敗したのだった。横棒を太い竹にしても、やはり激しく漕ぐと横棒は水平にならず、徐々に山側が下がり、踏み板も歪み出したのである。山側の支柱がどうしても弱いのだ。

夕方、ブランコが再び歪み始めたのを見て、一番がっかりしたのは監督役のトクさんだっただろう。ともかく、今回はこのまま春になるまで待とう、ということになった。ブランコ作りには人手がいる。今回集まった人数を確保するのは当分無理だし、冬になると雪が積もる。いいんじゃない？　乗ることはできるんだから。まあ、これはいい経験だよね。二代目「ブランコ」作りの失敗から学ぶことは多い。一番、学んだことは？

「船頭が多すぎたよ」と言ったのは、アジャール君だった。ブランコのてっぺんに登って作業をしていると、あちこちから指示が飛んだ。いましている作業の次の作業の指示が来たり、その次の作業の指示が来たり、みんな、去年の経験からいろいろな知識が増えすぎたんだね、と言った。わたしも声を出しすぎて、喉が枯れたのだった。

終わってからなら、いくらでも反省点が出てくる。わたしたちは実際に作りながら、少しずつブランコ作りの方法を覚えていっているのだが、誰も、ほんとうのネパール式ブランコ作りの方法を知らない。きっと、ネパールのブランコ作りの達人は、確実なノウハウを持っているに違いない。きっとそれは、驚くほどシンプルな原理だろう。何度も失敗して、わたしたちもそれに突き当たる以外にないのだと思う。

次回やるときは、もっと太い竹を支柱にしよう、ということになった。そして斜面にブランコを建てるのではなく、敷地を平面にしよう。四本の竹の揺れ方のピッチを同じにするために。しかし、とにかく、今年はこれで行くのだ。

そう決めると、トクさんは黙って新館のベランダに立って、山の斜面のクリの大木を見上げ出した。二代目「風のブランコ」作りが一段落すると、次のプロジェクトは「氷のオブジェ」作りなのだが、これは去年の木の構造を補強するだけにした。渓流の水の放水は十二月に入ってからだ。トクさんは、まだ、クリの木を見上げている。彼はもう「風のブランコ」のことを忘れている。彼が頭のなかで考えていることはわたしには手にとるようにわかる。わたしたちは来年のプロジェクトとして、ツリーハウスを作ろうと決めたのだ。

そのイメージは突如、やってきた。夏の終わり、山の斜面で遊んでいたユリカちゃんとモエちゃんが、焚き火をしているわたしのところに駆け降りてきて言ったのだった。

「シジン、山の上に木の椅子を作ってもいいですか？」

少女たちは、遊びの領地をもっと広げたくてたまらなくなったようだ。木の枝を使って長椅子を作ると、斜面で遊んでいても休憩できるし、山の上からは白根の山々や田代湖を遠望できる。いいよ、と答えてから、ふと思いついて言った。

「作るのなら、ツリーハウスにしようよ」

ツリーハウス。木の上にある隠れ家。トクさんは、少女たち以上にその話に乗った。ツリーハウスは少年時代からの夢だったと張り切り、それ以来、クリの大木を見上げては構想を練り出したのだ。

粉雪のなかのハープと音楽療法

二〇〇七年十二月―二〇〇八年二月

ツリーハウス作りの構想は、目下、トクさんがあたためていて、一時期は、毎日のように東京の自宅にFAXが届いた。ツリーハウスの設計図である。発信時間を見ると、どうやら、仕事中に設計図を描いているらしい。建材屋でリフォームを専門にしているから、絵がうまい。

それが五枚にもなったので、アリスジャムの掲示板に「トクさん、仕事をしろ！」と書き込んだ。すると翌日、六枚目の設計図が届いて、「面白くて、仕事なんかしてられない」と書かれてあった。色男のトクさんは、ツリーハウス作りを考えるだけで、少年時代に戻ってしまったのである。

わたしたちのツリーハウスは、クリの木の幹に直接、ボルトを打ち込んでデッキを支えようと考えている。木の幹を他の材木で挟んでデッキの床を支えるより、ボルトを打ち込んだほうがかえって木を痛めない、ということをツリーハウス作りの本で知ったからだ。カナダの専門家の提言だ。

木の幹が生きているのは表皮に近い外周の部分だけで、そこに穴を開けると、表皮の一ヶ所は痛めることになるが、他は生きている。幹の芯はもともと死んでいる。だから芯までボルトを打ち込んでも、木の成長を妨げることはない。

へえー、ほんとうかなあ、とそれを知ったときは驚いたが、山小屋の斜面に立つ大きなクリの木を選んで、その太い幹を調べていたら、なんと、芯まで達する直径三センチほどの大きな穴が見つかった。キツツキが開けたのだろう。それでもクリの大木は元気で、びくともしていない。なるほど、そういうことか、と安心した。

ツリーハウスの材料は流木を使おう、とトクさんは言った。それを聞いて、吾妻川の渓谷に流木がいくつも転がっていることを教えてくれたのは、床屋のナカザワさんの奥さんのヒロコさんだ。ツリーハウス用に「ツバをつけときました」と彼女は言って笑った。春になったら、みんなで渓谷まで流木を取りにいこう。

その気になって見れば、軽井沢近辺にはすでにいくつもツリーハウスがある。あそこにもあるよ、という話を聞くたびに、ナカザワさんとトクさんと三人で見学に行ったのだが、そのどれもがわたしたちのイメージにあわなかった。木そのものでハウスを支える構造のものはなく、木の周囲に土台を作り、柱を立ててデッキを支える構造のものが多かった。

「これは邪道だね」とトクさんは言った。「ツリーハウスだから、木そのもので支えなくちゃ」

クリの木は広葉樹なので、枝がさまざまな方向に広がっている。わたしたちはその上に小さなログハウスを乗っけたいのだ。

雪が深くなるまで、わたしたちのツリーハウス作りの夢はふくらみ続けた。それからしばらくして、ツリーハウスの設計図はトクさんから届かなくなった。夢も春まで冬眠ということになったのだ。

年末から正月にかけて、わたしたちは例年のように山小屋で年越しをした。年末にVOICE SPACE

（東京藝術大学現代詩研究会）のハーピスト、サヤカさんがやってきた。彼女の愛称は「サヤツン」なので、ここでもその名を使おう。

もともと、田代小学校六年生のユリカちゃんがハープをやるようになったきっかけは、二年前の夏、VOICE SPACEの山小屋合宿でサヤツンのアイリッシュ・ハープに出会ったからだった。サヤツンはユリカちゃんに、冬休みの間、ハープの家庭教師をしに来てくれたのだ。

十二月二十七日の夜から三十日まで、新館でサヤツンはユリカちゃんと二人で、ハープを弾き続けた。山小屋のまわりに雪がしんしんと降って、その中で響いてくるアイリッシュ・ハープの音色は独特だ。わたしは外で雪かきをしながら、その音色を聞いた。八小節ごとに同じ旋律が繰り返されるアイリッシュ・ミュージック。繰り返されるうちに、粉雪が積み重なるように、音が堆積していくように思える。時間が反復するのではなく、時間がなくなっていくような気分になる。音の空間だけになっていく。

アイリッシュ・ミュージックは、ヨーロッパの近代音楽ではない。むしろ、日本の雅楽と似ている。その十日ほど前、わたしは奈良の春日大社で行われた「若宮おん祭り」に初めて参加した。十二月十七日午前〇時から十八日の午前〇時まで、二十四時間にわたって行われる祭り。春日大社の若宮神が、この一日、境内の別の場所（お旅所）まで遊びに行くのだ。お旅所の建物は赤松の丸木で組み立てられており、屋根は松の葉で葺かれている。土壁には無数の白い三角形の模様が漆喰で盛り上げられている。そのアニミスティックなデザインのお旅所の前で、田楽や猿楽、雅楽などが、夕方から深夜まで演じられた。

野外の舞台である。四角い土の舞台の上に芝が植えられている。これを「芝舞台」と言い、ここから「芝居」という言葉が生まれた。日本の音楽と踊りの原型がここにある。「芝舞台」のまわりには薪の篝火が燃え、「薪能」という言葉が生まれるのも、ここからだった。

わたしは雅楽を聴きながら、次第に惹きつけられていった。笙、篳篥《ひちりき》、笛、小鼓などが奏でる不協和音の連続。ときどき、奈良公園の鹿が深夜に遠吠えをする。その金属製の鋭い音が、笙の音色に重なり合う。空にはシリウスが輝いている。その空間のなかで雅楽を聴き、インドや唐から渡来した仮面の踊りや高麗や渤海から来た踊りを見ていると、時間感覚がなくなり、幾層もの深い空間がこの地を中心に広がっていく思いがした。

そのことを思い出したのである。アイリッシュ・ミュージックよりも雅楽はゆっくりしたリズムだが、その繰り返しの音楽は、時間感覚を忘れさせてくれることで、共通しているのだ。わたしたちの近代が空間よりも時間の価値を重視するようにして進んできたことを、これほど鮮明に反省させてくれる機会はなかった。奈良の春日大社の闇は、わたしにとって重要な課題を与えてくれた。

夜になると、薬局のノブちゃん夫妻と、木工家具師のオサムさんが、サヤツンとユリカちゃんのハープ演奏に参加した。ギターとロー・ホイッスルとティン・ホイッスル。オサムさんが手作りのバウロン（アイリッシュの太鼓）を持ってきた。直径一八インチの大型のバウロンの周囲の枠は、三枚の薄い木の帯を張り合わせてある。さすが木工家だ。さまざまな形の手作りの木のスティックが十本ほど。これだけ揃えるのだから、ずいぶん前から密かに練習していたと見える。

バウロンは独特の叩き方をする。右手でスティックの中心を鉛筆を持つような手つきで持ち、スティックの両端で太鼓の皮をリズミックに叩く。左手で太鼓の皮の裏を触り、触る位置によって音程を変える。オサムさんは慣れた手つきで叩いた。うまい。独習したのだという。サヤツンから教わって、わたしもバウロンの練習をした。音楽に合わせてリズムをとった。すぐに手が疲れてくる。情けないことに、スティックを振り回しているうちに、指先からどこかへスティックが飛んでいく。

二十九日の夜には、タイコさんの旅館のロビーで、サヤツン歓迎音楽会が開かれた。山小屋の少女音楽隊（ユリカ、モエ、マミの三人組）に、ノブちゃん夫妻、それにサヤツンが参加した。わたしもバウロンを叩いた。ときどきリズムを誤魔化した。わたしの横でハープを弾きながら、サヤツンがハラハラしているのがわかった。そのあとで、彼女のハープ独奏会となった。タイコさんの旅館のお客さんたちは、突然の演奏会に感激して、盛大な拍手が続いた。

一月に入って、わたしは何度も腰を痛めた。一度は山小屋の書斎のベランダに張りつめた氷を割っていて、ギックリ腰になった。軒先から垂れるツララは、その先端から滴を落とし、一晩でベランダに氷の塊を作る。毎日それを割らないと、すべってしまうのだ。東京に戻ってから、再び、腰を痛めた。

二月に入ってから山小屋で雪かきをしていて、今度は背中の筋肉を痛めた。雪かきをした直後はなんともないのだが、その二日後くらいに痛みが突然、襲ってくる。この遅れが、年をとった証拠だ。ずいぶん、疲れが溜まっていますね、と村のマッサージ師マツモトさんに言われた。

東京からイナミさんが、草木染めのヨコヤマさんと二人で現れた。二月のバレンタインデーに向けて、山小屋のシェフであるイナミさんは、お菓子の新作を持って登場したのだった。「毎回、花豆のクグロフだけじゃなあ、と思って、夕べ、急遽、作りました」と言って持ってきたのは、嬬恋産の花豆を使ったチョコレートだった。

やわらかく煮た花豆に蜂蜜とラム酒を含ませ、チョコレートで覆ってある。絶品だった。チョコレートのなかにクリが入ったものはあるが、花豆とは！　こんなお菓子、食べたことがない。

セキさん、ユリカちゃんのお母さんのショウコさん、ナカザワさん、東京から来たナカムラさん、みんなが一粒ずつ食べて、絶賛した。これを嬬恋名物にして売り出そうよ。ということになって、さっそく、タイコさんの旅館に持っていった。旅館の喫茶室の名物にしてしまうのだ。タイコさんも一粒食べて、その気になった。

農協でも売り出そう。農協のタモツさんによると、日本での花豆は、中国産と北海道産と嬬恋産の三種類あるが、一番、豆が大きくておいしいのが嬬恋産なのだという。しかし、農協では花豆を出荷するとき、大きさと色を揃える。大きすぎるものはハネルそうだ。花豆は高い。しかし、ハネられた大きな豆は、半額になる。イナミさんの花豆チョコレートには、それを使おう、とタモツさんは言った。

ただし、花豆の煮方が難しい。なかなか殻がやわらかくならないのだ。煮すぎると殻が破ける。イナミさんは花豆チョコレートを作るのに、一週間かかったという。花豆を水に漬けて四日、煮立てて三日。チョコレートをまぶすのは一晩だったが、それまでが大変なのだ。

ともあれ、このお菓子に名前をつけなくてはいけない、ということを考えているうちに、トクさんがやってきた。しばらく山小屋をご無沙汰していました、と言って現れたときは、飲む気が充満しているのだ。鬱から回復した証拠である。

そのトクさんとヨコヤマさんが、ある夜、突然、歌合戦を始めた。ノブちゃんがギターを弾き、そのギターのリズムに合わせ、即興の連詩を二人がやり出したのである。

酔っぱらったトクさんが、PPMの歌を歌っているうちに、即興で歌い出した。「疲れたあ、疲れたあ、人生は、山を越え、谷を越え、這いずりまわり」。今度はヨコヤマさんが、「完璧を求めすぎて、それで疲れるのよ、目的なんてないのに、山の雪は、上のほうから溶け始めて」と答えて、続ける。

一段落してから、わたしは現在も中国の雲南地方に残っている「歌垣」の風習について話した。山道で出会った男女の掛け合いの歌である。フォーマットがあり、それにのせて、男女とも結婚していても未婚であっても関係なく、フィクションの恋愛感情を即興で歌う。よし、今度はそれをやろう、ということになって、二度めの長い掛け合いの歌が始まった。

ヨコヤマさんもすぐ鬱になるという。トクさんもそうなのだ。この二人が掛け合いの歌をやり続けたのだが、恋愛歌を作るというのは難しい。二人とも、人生論を言い合うことになった。しかし、そこに本音が現れていて、聞いていて面白い。トクさんは若い頃からフォークを歌い続けてきたが、即興で自作の歌をうたうことはなかった。ヨコヤマさんは歌をうたうことそのものが初めてだった。

ノブちゃんはオープン・チューニングしたギターを持ち、ウイスキーのボトルの首で、五フラットと七フラット、一二フラットを次々に押さえて、ブルースのメロディを奏でた。

「まだまだあ〜、終わりません。これで終わりではないのです〜。キイがちょっと、狂いましたね〜」とトクさんは歌い、弾き続けて手が痛くなったノブちゃんが、「そろそろ、止めておくれ〜」と合いの手を入れた。

歌い終わってから、ヨコヤマさんもトクさんも、晴々とした顔をしていた。うわぁ、気持ちがいい、と二人とも言う。

「音楽のリズムが一定なので、まるで、縄跳びをしているようで、縄の中に入るまでタイミングを待って、中に入ったら、夢中で跳び続ける気分だった」とヨコヤマさん。

なるほど。これは精神の縄跳びなのだ。運動と同じなのだ。音楽療法として素晴らしい。鬱症状の人にはてきめんの効果がある。何を言っても許される空間でないとうまくいかないかもしれないが、山小屋なら可能なのだ。

冬の狐の物語

二月

今年の冬は寒さが厳しい。こういうときの浅間山は、まるで白い象の皮膚のような山肌を見せる。獰猛で大きな動物がうずくまっているようだ。雪が細かい皺となって火口近くまで覆っている。噴煙が風に流され、雲と紛らわしい。頂上付近では強風が吹いているらしく、ときおり雪煙が飛んでいる。

かつて歩いたヒマラヤの山々のことを思い出す。八〇〇〇メートル級のアンナプルナ連峰の頂上から、ときおり雪煙が立つ。峠に立って、ぼんやりと遠方に見えるその光景を眺めていたとき、トレッキング・ガイドが教えてくれたことがあった。

「あれはアンナプルナのお母さんが、マンマを炊いているんです」

母親が炊事をするとき、竈から立ち上る煙。ネパールではそんなふうに言い伝えられてきたのだ。お母さんというのは山の女神のこと。日本では竈に火をつけるとき団扇を使うが、ネパールの山岳部では火吹き竹を使う。竹の小さい穴から風が竈に注がれると、そのたびに白い煙が立ち上がる。

「お母さんはどこにいるの？」

「山の裏側にいるんですよ」

なるほど、そんなふうに説明されると、大きな女神がアンナプルナ山の裏側で炊事をしているように思えてくるからおかしい。山というのは人間が作る物語のなかで生きている。

今年の氷のオブジェは、二頭の巨大なマンモスのような形になった。いつもは二月から三月の段階で高さ一〇メートル近くの氷の山になるのだが、今年の山は同じ高さで、左右二つに分かれたのだ。マンモスの太い鼻のような形をしたものが、左右二つの山のそれぞれの頂上から地上に向けて下りてきている。真ん中には通路が出来ていて、左右の氷の壁を触りながら、裏へ通り抜けることができる。スキー帰りの観光客が訪れては通路を踏み固めたらしく、足元はつるつるとすべる。いつ行っても観光客が家族連れで記念撮影をしている。

氷のオブジェの制作は今年で六回目になるが、こんな形になったのは初めてだ。ほんとうにオブジェは、毎年どんな形になるのかさっぱり予測がつかない。

わたしたちのオブジェ計画では、木を垂直に立てて凍らせる、というのが四回目からの試みだった。合計四十本のカラマツの木を切り出して、上から見るとU字型の壁になるように立ち上げたのが三年前のこと。この未完成の砦のような骨組みが出来上がると、あまりに頑丈なので、その後、あらためて作り直すことはしなかった。氷の山はこの骨組みで二回できた。春になって氷が溶けても、骨組みはそのまま残しておいた。

しかし、去年のオブジェは氷の山ができたと言っても、実に中途半端だった。暖冬で骨組みの先端まで十分凍りつかなかった。そのまま春になって溶けた。それに比べると今年の冬は雪が少なく寒さが厳しい。さぞかし大きなオブジェに育つだろうと思っていたら、二頭のマンモスの形になったので

2頭のマンモス状になった「氷のオブジェ」

ある。

どうして、氷の山が左右二つに分かれたのか。たぶん、放水筒の位置を変えたためだろうと思う。去年までは左右二ヵ所と後方の一ヵ所から、骨組みの中心に向けて水を噴射していた。今年は骨組みの前方左右二ヵ所と、右側の崖からの一ヵ所に変わっている。そのために、新しい放水筒の位置では、骨組みのU字型の中心部まで水がかからないということになった。二つに分かれた氷の山の真ん中の通路の先に、数本の木がむき出しのまま立っている。氷は木の下半分まで巻きついているのだが、上半分は木が露出している。

放水筒は近くの食堂のトキザワさんが管理している。たぶん、今年はオブジェの形に新味を出そうとして、筒の位置を移動させたのだろう。無口なトキザワさんは、いつも誰にも言わずに秘かに実験している。

オブジェがマンモスの形になる前、十二月初旬

「氷のオブジェ」と舞い扇

に凍り始めた頃は、まるでヨーロッパのゴシック建築の教会のように、尖塔が空に向かっていくつも並んだ荘厳な姿になっていた。今回はみごとだと思っていたら、あるとき、床屋のナカザワさんがオブジェの前で妙なものを発見した。ブルー色をした立派な舞い扇が、オブジェの正面に設置した放水筒の横に広げて差しかけてあったのだ。放水筒は地面に打ち込んだ木に針金でくくり付けてあるのだが、その針金を利用して舞い扇もくくり付けられていた。忘れ物ではない。明らかにオブジェに捧げたものだ。氷のオブジェを、舞い扇がアッパレアッパレと褒めたたえているようだった。

誰がこんな粋なことをしたのだろう。観光客かもしれないが、峠の旅館のミッチーかもしれない、とセキさんは言った。ミッチーに聞くと、「オレがそんな粋な男だと思います？」と髭面の顔でニヤニヤ笑った。やはり観光客だったらしい。六回目にして、観光客と氷のオブジェとのコラボレーションが始まったというわけだ。しかし、この舞い扇も年が明けると、たちまちのうちに氷のなかに埋もれてしまい、いまはマンモスの鼻のなかにいる。春になって氷が溶けだすと、また姿を現すだろう。

冬の山小屋周辺には、さまざまな動物が走り回っている。朝起きると、雪の上には狐の足跡が点々と残っている。

以前、ナカザワさんがアリスジャムの掲示板に、こんな狐の話を書いたことがあった。

「先日、親戚の葬儀に叔父と姉と三人で、車で出かけたときの話です。朝七時過ぎに軽井沢駅に向かっていて、車が「鬼押し出し」を過ぎて六里ヶ原にさしかかったとき、突然、叔父さんが語りだしました。「オレは以前、このあたりでおっかない思いをしたんだ。四十年ほど前の冬、仕事の都合で午前四時頃にこの付近を通ったんだけど、まだ真っ暗だったのに突然空が赤くなったんだ。どうしたんだ？　と思っていたら、浅間山のほうから大型の車輪くらいの火の輪が転がってきて、車の横を一緒に走り出したんだ。オレは夢中でハンドルを握っていたんだけど、小浅間の近くまで来たとき、火の輪も消えて空も元に戻った。いまのが狐火か？　と思ったら背中がゾッとしてボンノクボの毛が立ったような気がしたよ」」

六里ヶ原というのは、浅間山が一番近くに見える場所である。その麓を道路が走っている。ナカザワさんのお姉さんは叔父さんの話を聞いて、こう言ったという。

「そう言えば私も人から聞いたんだけど、バラギにある大学の研修センターの職員で、野生動物を餌付けしようとして、毎晩駐車場の端まで自転車に乗って残飯を置きに行く人がいたんだけど、ある晩いつものように残飯を置いて帰ろうとしたら、研修センターの灯りは見えているんだけれど、どうしても帰れなかったんだって。さんざん苦労して、どうにか帰り着いて朝になって駐車場を見ると、自転車の車輪の跡がいっぱいついていたんだって。どうも一晩中、駐車場をグルグルまわっていたんだね。きっと狐にだまされたんだよ」

狐にだまされた話は、この村には多い。こんなふうに冬になると狐の話が次々と出てくる。二年前の冬にも、ナカザワさんは不思議な狐火の話を仕込んできたことがあった。床屋というのは村の情報が集まる場所なのだ。ナカザワさんは掲示板に書いた。

「昨日、お客さんから面白い話を聞いたんです。そのお客さんは七十二、三歳だったんですが、その人がまだ子どもだった頃、村でお風呂のある家はほとんどなくて、よく鹿沢の大湯に皆で行ったそうです。で、その帰り道、いまの幼稚園があるところを少し過ぎたあたりから、四阿山《あずまやさん》の裾野のほうを見ると、出水の山の林に赤い炎が見えたそうです。それは高い木のてっぺんから少し下がったあたりで、十秒くらい炎が見えて、消えたかと思うと、しばらくしてまた、他の木でも見えた。「ありゃ、何だやぁ〜?」と親に聞くと、「ありゃ〜、狐火だ」って教えてくれたそうです。なんでも狐が木に登って尻尾を枝に打ちつけると赤い炎のようなものが見えるのだそうです」

そんな不思議なことがあるだろうか。出水の山の林というのは、山小屋から少し歩くと見える。ナカザワさんもそこに狐火が現れるのは見たことがない。床屋に来た老人は、こう言ったそうだ。

「いまは世間も明るくなっちまったし、どこへいぐにも車だから狐火なんざぁ〜見えやしねぇ。つまらねえ世の中になったもんだ」

ナカザワさんは老人に質問した。

「狐が木になんか登るかい？」

「狐はおめえ、木登りはうめえもんだ」

老人は確信を持ってそう言ったらしい。この老人の話では、昔は毎年六月から七月頃に狐火が現れたそうだ。

狐が火を出すということは科学的にはありえないのだが、日本全国に狐火の伝承は残されている。おそらく日本人独特の民間信仰のひとつで、里に出没する狐への人々の愛着を示していると考えたほうがいいだろう。それにしても、狐が木に登って尻尾を枝に打ちつけると炎が出る、という話はこの村だけのものではないだろうか。火山である浅間山から火の輪が落ちてくるというのも、この地域独特の狐火のとらえ方だと思う。とても面白い。

ナカザワさんに、床屋に来る老人にもっと狐の話を聞いておいてよ、と頼んでおいたら、同じ人が床屋に来たとき、今度は若いときに狐に化かされた話をしてくれたという。ナカザワさんは聞き上手なのだ。

昭和二十年から三十年頃のこと。老人は若い頃、馬で山から伐採した丸太を引いてくる「ドビキ」と呼ばれる馬方の仕事をしていた。家は村から少し離れた部落にあったが、仕事が終わると毎晩のように村まで遊びに来たらしい。その頃の村の青年たちは、村の娘たちが遊び場として借りている家に行くのが日課だった。娘たちは夜毎一軒の家に集まって、裁縫をしたりして遊んでいた。そういう若衆宿のような家があったのだ。

その人はいつものように娘たちのいる家に行った帰り道、夜遅く、ちょうどナカザワ家の近くまで来たとき、後ろから「〜さん、〜さん」と呼び止める声を聞いた。誰かと思ってふり返ると、なんと、かねて思いを寄せていた村の娘さんだったそうだ。ここから先はナカザワさんが掲示板に書いた文章である。

「その頃の娘さんたちはけっこう積極的で、よく好きな男の後を追ってきたそうです。オジサンが「おめえ、〜じゃあねえか、どうしただ?」って言うと、その娘が「おめえと一緒にけえるべえと思って、ついて来ただ」なんて言うもんだから嬉しくなって、腕を組んで一緒に歩き出したそうな。しばらくすると娘が「あっちへいぐべぇ〜、あっちへいぐべぇ〜」と四阿山のほうへ誘うので、「オラの家はそっちじゃあ〜ねぇ」って言いながらタバコに火を付けようとすると、「フーッ」と吹き消すのだそうだ。オジサンは「こりゃ変だ! もしかしたら狐か?」と思い、捕まえようと手を出すとピョンと逃げる、また手を出すとピョンと逃げる。とうとう部落の植木屋さんがあるあたりまで来ると、その娘さんは山のほうへ行ってしまったそうな。「やっぱり狐だったな」と思いながら家に帰ったその晩から、オジサンに不思議な高熱が出て、三日間苦しんだそうな。で、母親が朝、庭を見ると、冬だったので家のまわりの雪の上に狐の足跡がたくさんあって、「おめぇ、狐に何悪さしただ!」ってさんざん怒られたそうな」

ナカザワさんの文章は、興に乗って民話のような文体になっている。民話の文体というのは、こんなふうに不思議な話を人に伝えようとしたとき、自然に生まれてくるものらしい。ところで、老人はその話をして、ナカザワさんに「おらぁ動物が好きだから、狐に惚れられただ」と言ったそうだ。ナカザワ夫人のヒロコさんはその話をナカザワさんから聞いて、「そのオジサンは、前世がきっと狐だったんだよ」と真顔で言った。ナカザワさんも、そうだと思ったらしい。

アジャール君がアリスジャムの掲示板で狐火の話を読んで、ネパールにもよく似た話があると書いてきた。

「狐火のようなもので、ネパールにはランケ・ブットゥがいます。わたしは見たことはないのですが、まだ電気のない田舎の山で、夜、山の上からサッカーボール大のランケ・ブットゥが横に走るのを見た、という話はよく聞きます。最近は山にも電気が来始めて、隣の山の電気が目を引くようになっているので、もうランケ・ブットゥを見る機会も少なくなっていると思うけど。ランケ・ブットゥとは、ネパール語で「火の玉のお化け」のことです。基本的にブットゥ（お化け）は人に悪いことはしません。ブットゥよりも、実際、近所にいるボクシ（魔女）のほうが、わたしにはよっぽど怖いです」

十二歳の春

三月

春は嵐の季節である。三月下旬に山小屋に着いて、なんとなくあたりの景色がおかしいことに気がついた。書斎のベランダの隅に生えている白樺の木の枝が折れていた。この白樺は実生《みしょう》のときから大切にしてきたもので、書斎を建てるときは、白樺を生かすためにベランダに穴をあけた。幹が太るたびに、ベランダを鋸で切って穴を大きくした。白樺はその期待に応えてくれて、ベランダへ登る階段の上空に思う存分、枝を伸ばしていたのに、その一本が垂れ下がっている。誰かがぶら下がって折ったのだろうか。最初はそう思った。

ベランダから前方を見ると、ここもなんだか景色がおかしい。山の斜面から道路に向かって斜めに生えていた松の木がなくなっている。その部分だけ、やけに空が明るい。よく見ると、直径六〇センチはある太い松の幹が、人間の腰の高さほどのところで、ねじ曲げられたように折れていた。これまでどんなに雪が積もっても、風が吹いてもびくともしなかった松である。想像を絶するような恐ろしい突風が吹いたらしい。他の木はどうだろうとまわりを歩いてみると、隣地との境に生えている松の木も上部を吹き飛ばされ、二股に分かれた幹の一本も、付け根からもぎ取られて、他の木の上に覆い被さって倒れていた。

クリやブナなどの広葉樹に被害はない。松はなんと弱いのだろう。折れた松の木に近づくと、ささくれ立った木の繊維から新鮮な樹脂の香りがする。年輪が美しい。まるでバウムクーヘンのように美味しそうだ。樹齢を数えると六十七年。これを丸太にして、薪にしなければならない。切った直後の丸太は斧で割りやすいが、放っておくと硬くなる。やれやれ、一仕事だ。幸い、甥のジュンジと一緒なので、彼と二人で片づけることにした。腰の調子もよくなったし。

今回はいくつものイベントが重なっている。まず、一番大事なのは、ユリカちゃんやモエちゃんが、この三月で田代小学校を卒業する。卒業式の翌日、その記念パーティを山小屋でするというのだ。何人来るのかわからないが、できれば卒業生全員、という希望があったときは仰天した。と言っても、山の小学校の卒業生は全員で二十二名。何人でも連れてきなさい、と食事に腕をふるうセキさんは、ユリカちゃんに伝えていた。VOICE SPACE のハーピスト、サヤツンも、お祝いの演奏をしに東京から駆けつけてくれることになっている。

それと並行して二番目のイベントは、ツリーハウスの工事をいよいよ始めるのだ。まだ雪が完全に溶けていないのに、トクさんがフライング気味に走り出したのである。鬱症状が治ったと思ったら、俄然、元気になった。去年の秋に作った二代目「風のブランコ」の失敗から、「船頭は一人でいいからね。任せてもらえます?」と、何度も聞いてきた。トクさんが描くツリーハウスの設計図は、去年末からわたしの自宅に何度もFAXで届くようになったのだが、雪が深くなった時期に一時中断し、二月末になると再び復活した。クリの木にねじ込むスクリューボルトの太さや長さ、防腐剤を注入したデッキ材の枚数など。設計図は回を重ねるごとに現実的になり、詳細になっていった。

「ねえ、一年かけてゆっくりやるんだよね」

「ええ、そうしましょう。みんなで楽しみながら」

そう言いながら、この男はやりだしたら、他人を待っていられないのである。今回、わたしたちが山小屋に着いたとき、すでにツリーハウスの第一段目に使うデッキ材が運び込まれていて、本人は目星をつけたクリの木の上に登っていた。周囲の松の木が倒れていることなど、目に入らなかったらしい。

そもそも、彼がツリーハウスの設計図から現実の作業に入ったのは、雪が深い三月初めのことだった。突然、アリスジャムの掲示板に、二本の松の木の幹に横木を渡してデッキを作り、そこに椅子を置いて悠然と座っているトクさんの写真がアップされたのである。

「めんどうっちいから作っちゃった。もう一段上に行こうかな。何色塗ろうかな。計算どおりしっかりしているし、少々揺れるようになっています。ただ一つ足りないのがデザイン・センス」などと彼はコメントしていた。

ゲッ。もう作り始めたの？　しかも一人で！　どの松の木を使ったのだろう。松は弱いから駄目だと言っておいたのに。山小屋の斜面に生えているあれやこれやの木を思い出し、どうやらあのあたりかな、と見当をつけた木があったのだが、それでは山の斜面の上でありすぎる。掲示板を見た八百屋のキー坊さんは、わざわざ雪をかき分けて山の斜面まで見に行ってくれたのだが、何もなかったよ、と奥さんのショウコさんに報告した。どこに作ったんだ、とみんなで詮索していたら、トクさんから電話があり、なんと自分の家の畑がある裏山の松の木だった。その山の頂上を子どもたち用の遊園地にするという計画があって、そこの木の上に試作品を作ってみたのだという。浅間山麓にある村の山々はどこもよく似ているので、わたしたちはすっかり騙されてしまったのだ。

それだけではなかった。彼は子どもが一人入ることができるような大きさの塩化ビニール製のドラム缶を見つけてきて、そのまわりに枯れ葉の形をしたベニヤ板を何枚も貼り付けた「ミノムシ・ハウス」なるものを、自宅の庭で作り出したのだ。その写真も掲示板にアップされた。

「この塩ビ製のドラム缶をデッキの上の枝から吊るしてですね、ドラム缶の上下にですね、三角錐の下地を作ってですね、周りに枯葉をぺたぺた貼るとですね、ミノムシ・ハウスになるんです。そうだ、滑車で上下するようにしたら面白いなー。チビ連中に貼らせよう。ああだめだ。鬱が過ぎたら、アイデアがひらめきすぎて押さえようがない」

写真の「ミノムシ・ハウス」は、珍妙なデザインで、トクさんのゲージツ家ぶりがうかがわれた。もうこうなったら、暴走するにまかせるしかない。この頃から掲示板でのトクさんのハンドルネームは、いつのまにか「一等航海士」に変わっていた。船頭が格上げになったらしい。というわけで、われわれのツリーハウスは、滑車で吊り下げられた「ミノムシ・ハウス」に乗って、樹上のデッキと地上とを往復する、ということになるのだろうか。

ツリーハウス製作の第一日目。セキさんとショウコさんは、翌日の田代小学校卒業記念パーティ用の食事の準備におおわらわだった。ユリカちゃんはトクさんとわたしが作り始めた第一段目のデッキ製作を手伝ってくれた。クリの木は幹が二本に分かれている。わたしたちは地面から高さ二メートルほどのところに、第一段目のデッキを作ることから始めた。トクさんの頭のなかには、何度も計算し尽くした設計図があって、作業指示の手際がよい。

最初に二本のクリの幹に横木を渡し、水平を測り、太さ一六ミリ、長さ二五〇ミリのステンレスのスクリューボルトで、幹に止めることになった。横木には横長のルーズ穴があいた厚さ五ミリのステンレス・プレートを取り付けてある。このルーズ穴を通してボルトをクリの木にねじ込むわけだが、穴がルーズになっていることによって、木が左右に揺れてもいい、という計算になっている。二本の幹をはさむように横木を二本取り付けて、それを中心に枠を作り、その上にデッキ材を張っていく。

最終的にこの第一段目のデッキは、縦約二メートル六〇センチ、横約一メートル六〇センチの広さになった。クリの木の根元にはまだ残雪があるので、デッキを支える柱を立てることができない。仮柱で支えた。途中からキー坊さんがやってきてデッキ材を張る作業に加わった。ユリカちゃんは父親が電動ドライバーを使うたびにビスを渡し、二人の共同作業になった。

現在の予定では、第一段目は今後の作業台になる。この上に第二段目のデッキを作る。ここは四畳半くらいの広さにして、子ども三人くらいが入れる家を作る。その上に第三段目を作り、ここは展望台にする予定だ。それぞれを階段で結びつける。

第一段目は半日で出来上がった。「これは練習だからね、本格的なのは、第二段目なんだ」とトクさんは言い、「艦長、ぼんやりしてないで、第二段目の家のデザインを考えておいてよ」と指示した。誰が、いつ艦長になったんだ。まあ、わたしが何を言っても、一等航海士はわたしの意見を聞いたふりをして、自分の思うように進めるのはわかっている。

次ページ・ツリーハウス製作第1日。トクさんが1段目のデッキのために横木を渡す（上）。デッキ材を張る作業（下）

「シジンはまだ、起きてこねえかなあ」というわざとらしいトクさんの大声が、ツリーハウス製作の第二日目、朝の七時頃に山のほうから聞こえてきた。わたしは書斎のベッドから起き上がって、長靴を履いた。この日は卒業記念パーティがあるのだが、それまでにトクさんは第二段目のデッキの仮枠を作りたいのだ。ツリーハウスはあくまでも木の上に作るのであって、地上から柱を立てて支えるのは邪道だ、と彼はかねてから主張していたのだが、方針が変わった。柱を二本ほど立てないと、高さ六メートルの第二段目のデッキは支えきれないことがはっきりしたのである。どういうふうに第二段目のデッキを広げるか、さまざまに検討した。ガイドラインとなる木をクリの木に仮止めした。第二段目のデッキの高さまで登って見ると、遠くに田代湖が見える。実に素晴らしい景観が広がっていた。

そんなふうにしているうちに、田代小学校の男の子たちがやってきた。全員で何人来るの？ と聞くと十七人になるという。やがて女の子たちもやってきた。ほとんどがショウコさんの車に乗ってきたのだが、一人だけ走ってくる女の子がいるという。なぜ、わざわざ走るんだろう、と聞くと、男の子たちはこぞって、あいつは走るのが好きなんだという。ミサキちゃんである。この村の子どもたちの多くは、ノルディック・スキーをやっていて、彼らはそれを「ノル」と呼んでいる。ミサキちゃんは、ノルディックでオリンピックに出るのが目標だ。有望な選手でもある。だから、身体を鍛えるために、どこへ行くにも走っているらしい。なんだか、漫画のようにおかしい。

昨夜、東京から山小屋に着いたサヤツンが、子どもたちと一緒に遊び始めた。ユリカちゃんは、ハープの家庭教師であるサヤツンをみんなに紹介して自慢したかったのだと思う。サヤツンを知らない子どもたちは、彼女のことを最初は「はてなちゃん」と呼んでいた。うまいネーミングをするものだ。

デッキ上での音楽指導。すでに2段目デッキのガイドラインとなる木が仮止めされている。

山に来ると子どもたちは風のブランコに乗り、山の上に探検に行き、木に登り、ハンモックに乗り、放っておいても自然に遊び方を見つけ出す。十七人が来ても山小屋は広々としている。

全員で食事をした後、サヤツンのアイリッシュハープ・コンサートを、ツリーハウスの第一段目のデッキでやった。サヤツンも木の上でハープを弾くなんていう経験は、滅多にないはずだ。楽しそうだった。子どもたちは山側の斜面に並んで聴いた。音は上に登っていくからである。

その光景を見ていて、ああ、そうだと思った。デッキをもっと山側に張り出そう。そして、山の上の斜面の他の木にも、低い箇所にデッキを作って、ツリーハウスを中心に、ほうぼうの木のデッキから、演奏しあったらどうだろう。幻想的な山の演奏会ができるだろう。

アイリッシュ・ハープの響きは子どもたちに深い感銘を与えたようだ。サヤツンはバウロン（太鼓）も持ってきていた。演奏が終わった後、将来はヘアメイクアーチストになりたいというアズサちゃん、パティシエになりたいというリキヤ君、福祉関係の仕事をしたいというノゾミちゃんがデッキに登り、サヤツンの指導でハープを鳴らした。シュンヤ君はバウロンを叩き続けた。バウロンは最初に叩いたときにリズム感があるかどうかわかる楽器だ。演劇関係に進みたいと言っていたシュンヤ君は見る間にうまくなった。ノゾミちゃんはハープを熱心に弾いた。彼女が弦を見つめる澄んだ目を見ていて、わたしが忘れてしまった眼差しだと思った。十二歳の春は、素晴らしい。

トクさんは子どもたちをクリの木の回りに集めて、ツリーハウスの製作方法を教え、四月以降、中学生になったら工事を手伝いに来るように、と演説した。

山小屋のハンモックは、丈夫な帆布で出来ている。木工家具師のオサムさんが作ったものだ。子どもたちはそのハンモックに男女十人近くが一度に乗って、遊動円木のように激しく揺らして遊んだ。何人もが転げ落ちて、雪まみれになる。そのスリルがたまらないらしい。女の子たちはそんな遊びのなかで、誰が誰を好きなのかを、大声で言い合ったりしていた。

子どもたちが帰ったあと、風のブランコの近くの雪の上に、誰がいつ作ったのだろう、雪ダルマが残っていた。お父さんとお母さんが手をつなぎ、その間に小さな子どもの雪ダルマがあった。平和な家庭。それが子どもたちの理想なのだ。

雨のなかのツリーハウス作り

四月上旬。ツリーハウスの二段目のデッキを半分まで作った、という報告がトクさんからFAXで届いた。山にまだ雪が降っている時期だ。

みんなが山小屋に出かけないときも、トクさんは床屋のナカザワさんを誘って山小屋に行き、二人だけでツリーハウス作りに精を出していたらしい。アリスジャムの掲示板には、作業の終わった段階でナカザワさんが撮った写真がアップされていて、二段目のデッキの外枠がクリの木にへばりついている。デッキには雪が積もっていた。床屋が休みになる月曜日、雪が降る直前まで、二人で作業していたらしい。ツリーハウス作りというのは、大人の男たちをこんなにも夢中にさせるものなのだ。

しかし、いったい、わたしたちのツリーハウスはどういう構造になるのだろう。わたしにはまだ全体の構造がさっぱり見えてこない。まず一段目と二段目のデッキを作り、その間を結びつける階段や、二段目のデッキの上に載せるハウスのデザインなどは、現場で調整しながら考える、ということにしたのだが、どうもクリの木の形が複雑で、なかなか完成後の姿がイメージしにくい。

クリの木の幹は上方へ行くほど複雑に分岐している。幹の根元は二本に分かれていて、上方で三本になり、そのすぐ上で四本になり、さらに五本、六本と分かれている。それらが四方にゆるやかにねじれながら広がっているから、正確な設計図など描けない。現場で仮木をあてて、角度やデザインを考える以外にない。樹木という生き物を相手に、そのまわりに直線的な材木をまとわりつかせていくというのは、やりだすと難しさが際立ってくる。現場を離れると人間の想像力を越えてしまい、現場に立つと樹木の生命力に圧倒される。

樹木は揺れる。その揺れをどのように生かして、人工の構造物をまとわりつかせるのか。ハウスのなかに樹木が突き出ているようなデザインではなく、あくまでも樹木が中心でハウスが添え物になるようなデザインにならないと、ツリーハウスの意味がない。

四月中旬になって、山肌に残っていた雪がようやく消え出し、雨が降り続くようになった。雪が消えてから、柱を二本立てて、二段目のデッキを支えようと、トクさんと計画していた。そうしないと、谷側に張り出した四畳半ほどの広さの二段目のデッキの重さに、クリの木が耐えられないだろうと思ったのだ。ここにいずれ、どんな形になるかわからないが、屋根付きのハウスも載せなければならない（後にハウスは三段目のデッキの上に作ることになった——註）。大勢の子どもたちが集まるのも二段目のデッキだ。頑丈な柵も必要だし、見た目にも安全にしたかった。

その柱を立てる作業をしようと予定していた日に、雨が降った。早朝からやってきたトクさんは、「今日は仕事になんねえなあ」と、旧館でシングルモルトのボトルを抱えながら言った。わたしは朝からすでに、酔いが回りだしている。「でも、どう？　凄いだろ」。トクさんが言った。「うん、なんだか戦艦みたいだよ」

2本の方杖で支えられた2段目デッキを「風のブランコ」側から見上げる。奥は山小屋新館

ツリーハウスが載るクリの木は、旧館の裏側の山の斜面にあって、新館のベランダから見上げると、一段目のデッキと二段目のデッキが上下に並び、まるで戦艦の艦橋のように威風堂々としている。何しろ二段目のデッキは木の根元から六メートルの高さにあるのだ。山の斜面を降りて、「風のブランコ」のある芝生地から眺めると、二段目のデッキは一〇メートルほどの高さにも見える。旧館の屋根よりも高い。

二段目のデッキは、下から二本の方杖で支えられている。方杖はクリの木の幹に仮止めされているが、いずれは一段目のデッキから斜めに立ち上げる。この方杖の構造がいやに目立つ。

「スティーヴ・マックィーンの『華麗なる賭け』に別荘が出てくるんだけど、そこのデッキがあんなふうなんだ」

わたしは映画『華麗なる賭け』(一九六八年製作)を見たことがなかった。トクさんからその話を聞いたとたん、パソコンを開いて、インターネットでビデオを注文した。

銀行強盗である億万長者のマックィーンと、彼を追い詰めていく保険調査官のフェイ・ダナウェイの物語。二人は恋仲になり、砂浜が広がるマックィーンの別荘へ遊びに行く。映画には短いカットで、崖の上に作られた木のデッキが写る。その上の椅子に寝ころびながら、マックィーンは葉巻をふかし、ダナウェイはワインを飲む。広々としたデッキは、崖の上から砂浜に突き出ていて、下から二本の木の方杖で支えられていた。

想像していたものより、実に簡単な作りのデッキで、方杖もトクさんが作った角度のものとは違ったが、ははあ、これをやりたかったのか、と納得した。二段目のデッキが完成したとき、トクさんが椅子に座っていたら、たぶん、その横には幻のフェイ・ダナウェイが座っているのである。豪華ではないか。ツリーハウスの夢はこんなふうに、それぞれのなかでひとりでに回転しているのだ。

雨が小降りになったとき、トクさんと二人で二段目のデッキに登った。トクさんは清めのための日本酒の瓶と塩を持ってきた。デッキの真ん中から二股に分かれたクリの木が突き出ている。その二股のところに塩を載せ、木の幹やデッキに酒をふりまいて、作業の安全祈願のお祈りをした。

山の斜面の上に行き、クリの木を見下ろした。樹木はまだ葉を出していない。そのとき、ふと気がついた。デッキをクリの木の幹から出た大きな葉と考えたらどうだろう。一段目のデッキは山側に張り出しているが、二段目のデッキは谷側に張り出す構造になっている。三段目を作るとしたら、また、別の方向に張り出すようにして、大きな三枚目の葉にする。大きな葉というイメージを基本的なコンセプトにすれば、樹木を中心にしたツリーハウスのデザインは生きるだろう。

次ページ・2段目デッキからの眺望

しかし、三段目のデッキを作るとなると、根元から一〇メートルほどの高さになる。怖いなあ、作るのはいやだな、とトクさんは言った。たしかに、風が吹くと揺れ方がひどいはずだ。だから、人間が一人だけ立てるような、帆船のマストにある見張り台のようなものにしようか。

雨がやんだ翌日、トクさんと二人で、二段目のデッキの床板を張った。ビスを電動ドライバーでねじ込んでいく。さらに、二本の柱を立てた。柱の基礎には、書斎のベランダを作ったときに余ったコンクリートの基礎石を使った。春になったので、山の土は柔らかくなっている。ユリカちゃんにも手伝ってもらってスコップで掘り、基礎石を埋めたのだが、その上に四メートルの角柱を垂直に立てるのは、実にやっかいだった。

夕方、二段目のデッキの上に立って、一人で田代湖の方向を見ていた。風が強い。こんなときは、大きなクリの木を触っていないと不安になる。クリの木に背をもたせかけた。木の幹は暖かい。それだけで安心する。

長く前方を見ていると、ふいに夕空の向こうから、黒い大きな鳥が飛んできた。鳥は遠方から飛んできているのだが、ほぼわたしの目の高さと同じくらいのところにいる。鷹だろう。よく見ると、足に黒い小さなものを摑んでいる。どうやら、野兎のようだった。わたしの目の前を何度も旋回したあと、前方のオートキャンプ場のある林のなかに、ふわりと降りた。池のほとりで、摑んできた野兎を嘴でついばみ始めた。

こんな風景は初めて見た。平地にいると見ることができないシーンだ。目の高さが違うようになると、鳥たちと同じ視線ですべての風景を見ることができる。秘かに興奮した。山小屋の空は、生き物の匂いで充満しているのだ。作りつつあるツリーハウスは、早くもそのことを教えてくれた。

五月の連休中、山小屋は例年のように大勢のゲストが入れ代わり立ち代わり訪れて、にぎわったらしい。東京からヨコヤマさんとイナミさんが来て、春の山桜をテーマにした草木染めに挑戦し、しばらく来なかったU2やオークたちが、立派な社会人になって現れた。彼らの前でユリカ、モエちゃんの二人がアイリッシュ音楽を演奏すると、目を丸くして驚いたらしい。

らしい、というのは、わたしはそのとき北京にいて、山小屋から遠く離れていたのである。VOICE SPACEの総勢十九名が、北京大学創立百十周年記念イベントに招かれて、五月五日に北京大学、六日に北京交通大学で公演した。VOICE SPACEの初めての海外公演だった。

二年前から、中国の詩人たちと日本の詩人たちが、お互いの国で「日中現代詩シンポジウム」を開いてきた。主催は中国側は中坤パミール文学工作室、日本側は思潮社。第二次大戦後初めて、双方の国の民間団体が共同主催する日中の詩人たちの交流会である。中坤パミール文学工作室というのは、中国の民間企業、中坤グループの傘下にある現代詩に特化したメセナ活動の団体だ。シンポジウムの一度目は北京で、二度目は東京で。中国からは、文化大革命と天安門事件の抑圧をくぐり抜けてきた四十代から五十代の、現在もっとも活躍している詩人たちが参加した。中坤グループの代表は詩人の駱英氏で、彼も二度のシンポジウムに参加している。東京での第二回日中現代詩シンポジウムは、昨年十一月二十九日から十二月三日にかけて行われたが（詳細は「現代詩手帖」二〇〇八年一月号、二月号を参照）、そのなかで、十二月一日に分科会があった。東京藝術大学で詩の朗読会とシンポジウムがあり、最後の時間に、VOICE SPACEが日本の現代詩と音楽のコラボレーションを披露した。中原中也や谷川俊太郎そしてわたしの詩に曲を付けた作品だった。中国の詩人たちは、こんな詩と音楽の実験をしている団体は見たことがないと言って、驚くほど感激してくれた。

シンポジウムの打ち上げの席で、ぜひ、いつか北京の人たちにもVOICE SPACEの音楽を聴いてほしい、と持ちかけると、駱英氏は、来年、北京大学創立百十周年記念のイベントがあるので、そのときVOICE SPACEを招待しましょう、と言ったのだった。まさかと思うほどの素早い決定だった。

そのときからVOICE SPACEの作曲家、ナカムラ・ユミとオダ・トモミは、谷川俊太郎とわたしの詩に新曲を作ることを決め、そして北京在住の三人の詩人たち、駱英、西川、田原（彼は東北大学で中国文学を教えており、仙台と北京を往復している）という、三人の中国詩人の作品に作曲したのだった。リハーサルは年が明けてから、四月の終わりまで続いた。今回は演奏楽器が少なく、集団の声を中心とする作品が多くなって、これこそVOICE SPACEと思える実験作になった。

わたしたちは五月一日から八日まで北京にいた。北京では先に到着していた谷川俊太郎氏とジャズ・ピアニストの賢作氏らと合流した。北京は八月のオリンピックのために、いたるところ突貫工事が続いていた。柳絮《りゅうじょ》が舞い、埃が多かった。

チベット問題で世界中が揺れているさなか、詩と音楽だけを携えて北京に行く、というのは面白い体験だった。現地でわたしは中国の詩人たちとチベット問題について対話する機会を持ったのだが、彼らの誰もがこの問題の解決は長引くだろうと心を痛めていた。

VOICE SPACEの北京での二つの公演は好評で、大成功だった。しかし、コンサートの準備段階から、リハーサル、本番ともに、音楽文化と習慣の違いには、どういうことだろうと頭をかかえることが多かった。たぶん、騒音や雑音に対する感覚が違うのだ。北京の街を歩いているとよくわかるのだが、車のクラクション音が激しい。日本では滅多に聞くことがないクラクションが頻繁に鳴らされる。コンサート会場でも舞台に届く騒音や雑音に関して、音響関係者はまったく注意を払わない。

舞台設営の感覚が、まず日本と違った。舞台の背景には電飾のイルミネーションがコンピュータ操作で輝き、大きなモニターにカラオケの映像のような風景が写る。現地の舞台監督は、これこそが最先端のモダンだ、と言った。しかし、わたしたちにはキャバレーのように見える。照明は回転し、その照明装置を冷やすためのファンの音が響く。歌は大きな音であればいい、というふうだった。リハーサルでわたしたちは、何本ものマイクのレベル調整をしたのだったが、そういう細かな指定をされたのは初めてらしかった。残響音についても気にならないようだった。何よりも一番驚いたのは、舞台にスモークが焚かれたときだ。それらはストップしてもらったが、VOICE SPACE の全員が音響係となって走りまわっているうちに、みんなが現地の事情に応じてたくましく成長していったように思う。

その様子を見た現地のスタッフたちは、二日目の公演では実に協力的に動くようになり、わたしたちはすっかり彼らが好きになった。異文化交流というのは、反発があって後の、共感からしか始まらないということを知った。

迷路をどう作るか

五—六月

カッコウが鳴き始めた。「カッコウ、カッコウ」とリズミックに鳴いている声を聞いていると、小学生時代に初めてカッコウ笛を吹いたことを思い出す。大阪の郊外にはカッコウなんかいなかったので、こんな鳴き声の鳥がこの世にほんとうにいるとは思っていなかった。中学生になって初めてベートーベンの交響曲を聴いたとき、第六番ヘ長調「田園」の第二楽章の最後のほうでも、カッコウの声が聞こえてきた。クラリネットが、ミとドを繰り返して声を真似ている。ということがあったので、カッコウの声を聞くと、いまでも生きている鳥の声とは思えない。それに、ウグイスなどと違って、春先から徐々に鳴き方がうまくなっていくのではなく、カッコウは鳴き始めの最初から正確なリズムをとって鳴くのだ。ミ、ド、ミ、ド。

「ほんとうに楽器じゃないんだよね、あの声」と言うと、草木染めにやってきたヨコヤマさんが、「どんな顔して鳴いてるんでしょうね」と言ったので、笑ってしまった。八百屋のショウコさんも、高い梢にいるカッコウの鳴いているときの顔を見たことがないという。

早朝の新緑の木々の間を、ホオジロが飛び交い、やがてセミが鳴き始める。山肌のいたるところで、レンゲツツジの紅い花が真っ盛りになった。

六月の山は、木々の緑とレンゲツツジの赤の二色だけ。この二色だけで、風景全体がキリッとひきしまる。山がちょっとすまして、正装しているように見えるから不思議だ。この季節は夜になると濃い霧が出る。霧が、作付けの始まった嬬恋村のキャベツの新芽をやわらかくするのだが、昼間になっても山の上のほうに霧が流れているときがある。木々の緑が、そのためにいっそうやさしいパステルカラーの緑色になる。以前、アイルランドに行ったとき、かの地の詩人から、この国の樹木は一年中緑なので、人々は緑色に敏感だ、窓枠に塗るための緑色のペンキは三十六種類もある、ということを教わった。六月の山を長く見ていると、アイルランド人のようにわたしも、木々によって異なる緑色の微妙な違いに敏感になっている。

レンゲツツジは、昼間見るよりも夜の闇のなかで見るほうが美しい。闇のなかに赤い色がドキッとするような艶かしさで浮かび上がる。今年はとくにきれいに見える。山小屋バーで夜遅くまでトクさんが即興詩を歌い、それにあわせてギターを奏でていた薬局のノブちゃんが、じゃ、これで、と言って帰っていく途中、暗闇のなかから「おおっ!」と声をあげた。レンゲツツジの赤色に驚いたのだ。

山小屋では、目下、中国茶がブームになっている。五月の連休中にVOICE SPACEの公演で北京へ出かけたのだが、日本に戻ってきた直後に四川省で大地震があり、わたしの知り合いの詩人の家族や友人たちが災難に遭うということがあった。五月末に北京市内の劇場で、四川省出身の音楽家たちによるチャリティ・コンサートがあった。地震によって真っ先に学校が倒れ、多くの子どもたちが死んだ。そのこともあって、コンサートで寄金を集めて、被災地に地震に強い学校を建設するというのだ。

日本の詩人たちもその募金活動に協力することになり、コンサートでの記者発表をかねて、北京に再び出かけることになったのだった。

今度は短い滞在だったが、前回、お土産に買った中国茶を山小屋で披露すると、あっという間になくなったので、今回はいろんな種類のお茶を大量に買って帰った。茉莉花茶などの緑茶や、白菊、百日草、薔薇の花など、花茶と呼ばれる中国独特のお茶だ。

中国はお茶の発祥地だが、日本のように茶道という独特の文化とは違って、もっと庶民的に、味と香りを楽しみ、見て楽しむというふうに、お茶の文化が発展してきた。茶器の種類も複雑ではない。「蓋碗」と呼ばれる蓋のついた陶器の湯飲みもあるが、一般的には、大きなガラス・コップに茶葉を入れ、お湯を注いで飲む、というやり方だ。茉莉花茶などは、口元に茶葉が浮かんできて飲みにくいのだが、それも気にしない。

幾種類もの中国茶を買ってきたので、みんなで次々と試しているうちに、中国茶は中国式の飲み方が一番いいということがよくわかった。「茉莉龍珠茶」というのがある。茶葉にジャスミンの香りをつけて、龍が手に持つ「珠」のように小さく丸めたものだ。ガラス・コップのなかに幾粒も転がし、上からお湯を注ぐと、やがて大きく手を広げるようにコップの底で葉が広がる。上品な香りで、あっさりしている。飲み干すとまたお湯を注ぎ、小さなコップだとそれを十回くらい繰り返しても味も香りも変わらない。白菊の花や薔薇の花など、花茶と呼ばれるものは、香りもそうだが、ガラス・コップ越しに花の色や形を視覚的に楽しめるということが魅力的だ。お湯を注いだコップの底に赤い百日草の花が開いたり、白菊の花が浮かんだり、まるで夜空に弾ける花火のようだ。そんなにぎやかさのなかに中国のお茶の文化がある。日本の「わび」や「さび」とは違う、これが大陸の文化なのだろう。ツリーハウスの工事のあいま、休憩しながら、トクさんもナカザワさんもそれぞれが好みの中国茶を飲むようになった。身体を使う仕事をしているときには、中国茶は香りだけでもリラックスできる。

ツリーハウスの工事主任であるトクさんは、「一等航海士」を自称するようになっているが、工事の進行スピードは、もはや、とどまるところを知らない。二段目のデッキが出来上がったと思ったら、わたしが山小屋に行かないうちに、今度は、隣のクリの木に踊り場を作っていたのだった。

一段目のデッキと二段目のデッキをつなげる階段をどのようにするか。普通なら、二段目のデッキに穴をあけて急角度の階段を付けることになるのだが、そうすると上下のデッキが狭くなる。できることなら、ここはゆったりとできる空間にしておきたい。それに、とトクさんは言ったのだった。

「オレはね、ヒトに言われたことが頭に残るたちでね。ジュンジ君が、ツリーハウスを最初に見たとき、探検的なのがいいなあ、と言ったんだよ。探検的。それが気になってねえ」

甥のジュンジはこの三月に大学を卒業して、木工家具の製作会社に勤めるようになった。その彼がそんなことを言ったとは知らなかった。「探検的」というのは、たぶん、遊び心を満喫させるような、迷路のような楽しみがあるツリーハウス、ということだろう。階段も曲がり、デッキも方々へつながるような、そんな探検心をそそるような構造。つまり、冒険したくなるような「迷路」をどう作るか、ということになる。

ツリーハウスを建設中のクリの大木から二メートルほど離れたところに、一本のクリの木が立っている。枝が張っていなく、直線的に空に向かっている。

踊り場（左端）と１段目デッキとのあいだに階段と通路。奥は山小屋旧館の屋根

五月の連休中に渋川からタケさんが遊びにやってきて、その木を見て、画期的なアイディアを出したらしい。ここに踊り場を作ったらどうだろう。一段目のデッキから隣の木の踊り場まで階段でつなぎ、さらにその踊り場から二段目のデッキまで階段でつなぐ。二本のクリの木をそのようにして結びつける。そうするとデッキの広さが現状のまま確保できる。なるほど！　煮詰まっていた全体構想が、ここで急に動き出したのだった。

一段目のデッキからは、大きなクリの木の幹が二本突き出ている。トクさんはこの二本の幹の真ん中の空間に、隣の木に向かう幅五〇センチほどの通路を作った。通路は一段目のデッキから三〇センチほど上方に浮いている。そしてこの通路の先端から階段を立ち上がらせて、隣の木の踊り場と結びつけたのである。さらに、この通路の床板を直線的に切り揃えるのではなく、クリの木の幹にまとわりつくように蛇行させせた。上から見ると、通路はクリの木のまわりを流れる川のようなイメージになった。このデザインは素晴らしかった。わたしは初めて見たとき、「これは川だよ、川になっているよ」と叫んだのだった。

一段目のデッキに上がると、クリの木の幹の間を通り抜けて通路に上り、そこから階段で隣の木の踊り場まで。そして今度は逆を向いて階段を上り、クリの木の二段目のデッキに到達する。このようにして、徐々に「迷路」が出来上がり始めた。

わたしにツリーハウスの全体構想のイメージが見えてきたのは、このときからだった。それまで全体のデザインで大事なのは、階段だ、と思っていたのだが、手摺である、ということもわかってきた。一段目のデッキには手摺をつけないが、二段目のデッキの高さは六メートルもあるから、手摺が必要だ。ここには流木を利用しよう、と言い合っていたのだが、その手摺の作り方次第では、せっかくシンプルに美しく出来たデッキのデザインも、だいなしになる。

ある一日、ナカザワさんと二人で、吾妻川の川原に流木を拾いに行った。暑い日だった。最初は細い流木でいい、と思っていたのだが、川原に下りると、太い流木がいくつも転がっている。その多くが白骨のようになった柳だった。ノブちゃんがバンを運転して、拾った流木を運んでくれた。

その流木をデッキに並べて、手摺のデザインを考えた。難しい。よっぽど大胆に大きな流木を組み合わせるか、手摺の水平部分の木を薄くして、その支柱としてだけ流木を利用するか、どちらかに徹底しないと、ホームレスの小屋みたいになる。ここまでやって、それはいやだね。それにしても、流木はもっともっと多く必要だということもわかった。

六月に入ってから、これまで仮柱のままだった箇所の基礎工事を完全にやろうということになった。

第一段目のデッキの端に、柱を二本立てる。仮柱のままだと子どもたちが遊ぶと揺れたのである。柱を立てるためのコンクリートの礎石は、四〇キロほどの重さだ。これから立てる他の柱の分も含めると、六個ほど、山の斜面に運び上げねばならない。

トクさんが太い竹で天秤棒を作り、さあ、持ち上げよう、とわたしに言った。天秤棒だから一人の肩には二〇キロしかかからないよ、という声に騙されて、山の斜面を二人で並行になりながら運び上げたのだが、重くて腰が砕けそうになった。こりゃ、駄目だ。ナカザワさんが来るまで待とう。

わたしが斜面でうずくまっていると、ナカザワさんが床屋を休業にして駆けつけてくれた。「シジンにやらせると、こういうことになると心配してね」と言う。一輪車の「ネコ」に礎石を入れて、トクさんが前から紐で引っ張り、ナカザワさんが押していく、というスタイルで山の斜面を駆け上がることになった。運び上げるたびに二人は大笑いした。笑いだす以外にない重さだったのだ。二人は途中で休憩しながら、それを何度も繰り返した。

中国茶を飲みながら、わたしは北京で「天壇」を見学したときのことをみんなに話した。「天壇」を見たとき、ふいにツリーハウスのことを思い浮かべたのだった。

中国の皇帝は「天子」と呼ばれ、天の星の生まれ変わりであり、天と交信することができると信じられていた。「天壇」は、明、清の時代を通じて、冬至の日に皇帝が天と交信し、五穀豊穣を祈るために造られた建物である。

「天壇」を象徴するのは、極彩色の瑠璃瓦で覆われた三層の円形の屋根を持つ「祈念殿」だ。「天壇」のなかでもっとも北の高台に建っている。背景に見える北京の空は広い。

「祈念殿」に向かって、南から北まで一直線に貫いている石畳の通路がある。「海漫大道」という。この通路の中央に皇帝だけが歩いたという、湾曲してつるつるに磨かれた石の道がある。「海漫大道」は歩いていてもその傾斜に気がつかないほどなのだが、南から北へ少しずつ上り坂になっていて、自然に地上から高台に導かれるという構造になっている。中国の皇帝が地上だけではなく、天をも支配することができるということを、皇帝自身が自覚できるようになっているのだ。うまくできているし、徹底的に遊んでいる。

それを山小屋のツリーハウスにも応用したいと思ったのだった。ツリーハウスだって、天にもっとも近いところへつながるように、クリの大木を這い上がるように、一段目、二段目とデッキを作っているのである。アプローチが大事だ。徐々に高いところへ近づくような、そして気がついたら樹木の上にいる、というような、そんなアプローチが必要だ。

じゃ、われわれのツリーハウスまでのアプローチは「山漫大道」と呼ぼう、ということになった。ついでに、ツリーハウスと呼ばずに、山小屋の「天壇」と名づけようか。樹木の上で天と交信するわけではないが、空に近いところで音楽を奏でて、酒を飲む、ということをしたいのである。山小屋はすでに下界から離れているが、そこからも、さらに離れたいのだ。

ジャムとシューベルト

六—七月

まだ実は青いよ、という連絡をもらったのは、つい一週間ほど前のことだった。床屋のナカザワさんの家の庭に育っているレッドカラント（ふさすぐり）の実が、今年はなかなか赤くならない、という報告だった。おや、どうしたのだろう？　去年なら六月の末には赤くなっていたのに。村の農地のあちこちに自生しているグースベリー（すぐり）のほうはどうだろう？　こちらもまだ大きな実になっていないのだろうか。

レッドカラントとグースベリーのジャムを作る季節になったのだが、どうやら山の自然の変化はいつもの年より遅れているようだ。東京では季節の移り変わりが例年より早いように思うのだが、山では逆の現象が起きている。

今年は春先に出るクマの情報も少ない。例年なら、ワラビ採りの村人がクマに襲われたというニュースが必ず話題になる季節なのだが、それがない。山の食べ物が豊富で、クマも里に出る必要がなかったのだろうか。

山小屋にいる間は、毎日のように、インターネットで天気図を見ている。梅雨前線が大きく日本列島上空にあって、連日、群馬県北部は雨が続くという予報だったのだが、山の天候はそういう予報を実に軽々と裏切ってくれる。雨だと思ったら、一日中、晴れる。山から十分ほど車で下りたところが晴れていても、山小屋では大雨だったりする。

雲はまだ、夏のたくましさを持っていない。しかし、いたるところに夏の匂いが近づいてきている。スキー場跡地の草地には、紫のアヤメが群がって咲き始めた。これからもっと増えるだろう。

今年、東京藝術大学音楽学部を卒業したヴァイオリニストのケイイチ君が山小屋に遊びに来た。わたしはこの春、五年間勤めた大学院音楽研究科「音楽文芸」の非常勤講師をやめたのだが、ケイイチ君はわたしの講座を二年間受講していた。声楽科にいた彼の弟もわたしの講座の受講生だった。教室ではたいてい学生たちは後ろのほうの席に坐る。だから、わたしは授業中、ときどき教室の真ん中まで行って、喋ることが多かった。しかし、ケイイチ君と弟は、いつも前から二列目くらいに並んで座っていた。三列目の席に座るのが、邦楽科で箏を専攻していた盲目のユウジ君だった。彼も二年続けて受講した。この三人は、単位はとっくに取っているのに、わたしが五年間いたどの年度にも履修届けを出し、ときどき教室に顔を見せてくれた。

わたしが教え始めた二年目のあるとき、ケイイチ君は授業が終わるとわたしに、「教え方がうまくなりましたねえ。最初から最後まで、流れるようでした」と言った。「うまくなりましたねえ」という誉められ方に、面食らった。彼はわたしの授業をＭＤで録音していた。そして、家でもときどき聞いていたらしい。

わたしが最後の授業をした日、ケイイチ君はひさしぶりに顔を出した。やはり二列目に座っていた。

三列目にはユウジ君が座っていた。最終講義が終わると、彼らは真っ先に拍手をしてくれた。

卒業したケイイチ君から連絡があったとき、山小屋に遊びにおいで、とわたしは誘った。大分県の実家に戻っていた彼は、東京でのコンサートに出演する日程にあわせて、山小屋まで来たのだった。彼はいずれ、ドイツの音楽大学に留学する。ヨーロッパでソリストとして立つことを目標にしている。ヴァイオリニストは、毎日、練習を欠かさない。練習は一日、五、六時間やるのが普通なのだという。山小屋に来た彼は、わたしの書斎や新館で、一日中、ヴァイオリンを弾いていた。

そんなとき、村の中学校の一年生になったユリカちゃんとモエちゃん、小学五年生になったマミちゃんが遊びに来た。

山小屋の旧館の台所で、セキさんはジャムを作っていた。里のほうのレッドカラントは赤くなっていて、それを採取したのだ。長野原に住んでいるトクさんも、うちの家の庭のレッドカラントは真っ赤だよ、と言って、枝ごと大量に持ってきてくれた。村のグースベリーはまだ実が小さかったが、これも少量、採取してきた。

ジャムを作りながら、セキさんはケイイチ君に頼んだ。楽器の練習というのは、毎日、何時間もするものだ、ということをユリカちゃんたちに見せてやってね。

しばらくしたら、ユリカ、モエ、マミちゃんの三人は、宿題をやるのだと言って、わたしの書斎に閉じこもった。普段、書斎は子どもたちの立ち入りを禁止しているのだが、宿題をやるときだけは開放することにしている。三人が静かに勉強しているると思っていたら、突然、書斎からヴァイオリンの音色が響きだした。驚いて見に行ったら、ケイイチ君が、宿題をしている三人の真ん中に立って、無心にヴァイオリンを弾いているのだった。セキさんに言われた通り、練習を少女たちに見せているのだろう。わたしの机で英語の宿題をしていたユリカちゃんは、ポカンと口をあけて見ていた。ちゃんと宿題をやっている？　と聞いたら、ヴァイオリンを聴きながらやっているよ、と答える。笑ってしまった。何も、宿題をしている子どもたちの前で弾かなくてもいいのに。弾きだしたら集中してしまう彼は、もはや子どもたちのことも眼に入っていないようだった。

山小屋でのヴァイオリンの響きは、驚くほどいい。書斎も新館も、カナダのレッド・シーダーを煉瓦のように組んで壁面にしている。それが弦楽器の響きを格別によくする。それだけではなく、山の空気が乾燥しているので、ヴァイオリンに向いているのだ。「雨が降っていても、山は乾燥しているんですね。東京の雨の日に弾くのと、音が全然違います」とケイイチ君は言った。

「まるで、ヴァイオリンのCDを聴きながら仕事してるみたいだ。贅沢だなあ」とトクさんは、ツリーハウスの工事をしながら言った。シューベルト（一七九七―一八二八）は、去年が生誕二百十年、今年が没後百八十年で、各地で記念イベントが続いている。ケイイチ君は、そのために、シューベルトのソナタを弾き続けたのだった。

その音色が響くなかを、VOICE SPACEの作曲家ユミさんが遊びに来た。彼女は二年前に大学を卒業してプロの道を歩んでいる。委嘱されていた作曲の仕事が煮詰まったので気分転換に山小屋に来たらしい。メロディオン持参である。音楽家たちに、こんなふうに山小屋が利用されるのは願ったりのことだ。山小屋では嫌いなことはしない。好きなことだけをやる、というのがルールになっている。だからユミさんは新館にこもって山小屋にあるオートハープを弾いたり、ネパールの太鼓を叩いたり

グースベリーの蔕をとる

していた。普段はピアノを弾きながら作曲をするのだが、太鼓を叩いていると、まったく別の曲ができそうだ、と言った。気がつくと、隣の芝生地で「風のブランコ」に乗ってゆらゆら揺れていた。
グースベリーのジャムを作るためには、緑の丸い実の蔕《へた》を、とげ抜きで取らねばならない。わたしとユミさんは、焚き火の横で、水に漬けたグースベリーを一粒ずつつまみながら、蔕取りを始めた。そこにモエちゃんとマミちゃんが参加した。やがて、ケイイチ君も参加した。あれやこれや、みんなで雑談をしながら蔕を取る。この作業は単調だが、やりだすとはまってしまうのだ。ことばが通りすぎていく。ことばが途切れる。それでも手が動く。そういう時間が愛おしい。
もくもくと蔕を取りながら、ふと、思う。こういう静かで平和な時間は、一瞬のうちに過ぎ去ってしまう。ここにいる若いヒトたちは、やがてみんな、遠くへ羽ばたいていくだろう。それまでの束の間の休息のように、山小屋でこんなふうに集まって、グースベリーの蔕を取る。過去どころか、現在も記憶に過ぎない。しかし、幸福というのは、こういうことかもしれないな。人間は自分の経験を知るということはない、とチェコの小説家ミラン・クンデラは言った。その通りだ。

雨の晴れ間を縫って、トクさんはツリーハウスの工事を続けている。ツリーハウスと言っても、まだ樹上に作る予定のハウスのイメージは決定していない。クリの木の高さ二メートルと、六メートルのところにデッキを作り、階段で結びつけただけだ。だから、現在の状態は、正確には「ツリーテラス」と言うべきかもしれない。

工事主任のトクさんは、わたしたちが山小屋に集まる前に、必ずFAXで次回の工事箇所の設計図を送ってくれる。そして説明書きの最後に、「オレは明日、図のように作る」と宣言する。誰にも文句を言わせない、という意味である。今回、山小屋に来る直前に送ってくれたFAXの図面には、ツリーハウスのあるクリの木までのアプローチとして、橋の絵が描かれていた。クリの木は山の斜面に立っているが、その第一段目のデッキまで、新館のベランダから歩いて行けるように、橋を渡すことにしたのだ。橋は約四メートルほどの長さで、その下を人間が立ってくぐり抜けられるようにする。橋の手摺に流木を使う。橋は終わったところで、左へ直角に曲がり、クリの木までの長さ約三メートルの橋につながる。こちらの橋の幅は広くする。ここにも流木の手摺をつける。

ツリーハウスの全体の構造に、奥行きを出したい。橋から始まり、やがてクリの木のさまざまな方角に突き出ているデッキに至り、それを順に上っていくうちに、ハウスに至る。その全体に奥行き感を出すためにはどうしたらいいか。トクさんがいま苦心しているのはそのことだ。

今年の秋まで、雪が降る頃までに、二段目のデッキまでの部分を完全にしよう。今年は流木の手摺を作るまでだ。三段目のデッキを作り、そこにハウスを載せるのは来年にしよう。最初、ハウスは二段目のデッキに作る予定でいたのだが、全体の構造が見えてきた段階でもっと高いところ、三段目のデッキの上にあるほうが奥行きが出る、とわかったのだった。

遊ばないとダメだね。合理的に考えたら、だんだん面白くなくなる。童心を忘れちゃ、ダメなんだ。トクさんは、わたしに何度も言った。そうなんだよね。いかにアホらしい、荒唐無稽の発想を持続するか。これが難しい。

わたしは橋の床板を張った。トクさんは一番やりやすい仕事をわたしに残しておいてくれるのである。床板を電動鋸で切り揃え、電動ドライバーで長さ九センチのビスをねじ込み、床板を横木に止める。暑い！　汗をしたたらせながらその作業をやっていると、ふいに下から声が聞こえた。

「あ、ほんとうにやっている。センセイは万年筆より重たいものは持ったことがないと思っていたけど、電動ドライバーも使えるのですね」

ヴァイオリンの練習を終えたケイイチ君だった。

「何、言ってるんだよ、こんなもの、たいしたことない」

とわたしが言うと、

「ああ、この前は床板を七枚だけ張ったけどね。今回はうまくなったもんだ。慣れたんだね」

トクさんが横で、笑って言った。わたしがすぐ疲れてしまうのを、彼はよく見ているのだ。


次ページ・山小屋新館からツリーテラスへのアプローチとなる橋に床板を張る

立入禁止

ともあれ、橋の工事が終わると、ツリーハウスのクリの木まで、堂々たる構えのアプローチができた。あとはオレたちでやっとくから、とトクさんは言った。わたしが山小屋に行かない日に、床屋のナカザワさんと二人で、流木を使って手摺を作っておく、ということだ。

トクさんは旧館の屋根に上った。クリの木までの橋は、旧館の屋根の高さと同じくらいになって、橋から飛び乗れる距離になったのだ。わたしも旧館の屋根に上った。ここからツリーハウスを見ると、まあ、たった四ヵ月で、よくここまでやったものだと思う。ツリーテラスのままでも、いいな。

夜になって、ユリカちゃんのハープ、モエちゃんのマンドリン、マミちゃんのキーボード、薬局のノブちゃんのギター、ノブちゃんの奥さんのナオミさんのホイッスルが入って、山小屋少女音楽隊(この頃から「(e)Alicejam Band」という名前が付くようになった。「カッコイイ・アリスジャム・バンド」と読む)のアイリッシュ音楽の練習が始まった。二日後に、村のライオンズ・クラブの総会のアトラクションとして、少女音楽隊が出演することになっているのだ。

新館での練習では、ケイイチ君のヴァイオリンとユミさんのメロディオンが参加した。普段の練習と違って、急に音が分厚くなった。ジグのメドレー三曲、「サリーガーデン」「願いごと(ロンドンデリーの歌)」、ポルカのメドレー三曲。

一曲終わるごとに、「涙が出てくる。凄い!」とノブちゃんが言った。ヴァイオリンとメロディオンの強力な演奏に引っ張られて、少女たちの楽器の音が俄然、勢いづいたのだ。リズムに乗る。音がのびやかに跳ねる。音楽の楽しさが伝わってくる。うひゃー、こんなに違うとは。ユリカちゃんのハープもはっきりと響き、モエちゃんのマンドリンは躍りだした。

ギターの上の一匹の蛾

七月

夜、山小屋にたどり着くと、旧館と書斎の窓から光が漏れていた。おまけに旧館の後ろの山の斜面、ツリーハウスのあるクリの木の高い梢が、ほんのりとした光で照らされている。人の気配がする。トクさんと床屋のナカザワさんがいるのだ。二人が真夜中のツリーハウスに蠟燭を点々と灯し、クリの木にランタンまで吊るして待っていてくれるとは思いもよらなかった。

素晴らしい、幻想的な光景だった。クリの木は幹の中程に二段の木の葉の形をしたデッキを巻き付け、その下方にアプローチとなる木の橋をスカートのように広がらせている。木に吊るされたランタンは山の斜面を照らし、その反射光で、ツリーハウスは黒々とした影になって威厳を見せていた。アプローチの橋には可愛らしい流木の手摺が出来上がっていた。トクさんとナカザワさんが一日で組み上げたのだという。

新館のベランダで、二人は満足気にツリーハウスを見上げて立っていた。「凄いなあ!」と、わたしは声を上げるばかりだった。アプローチに流木の手摺を付けたことによって、樹木と遊ぶという雰囲気が猛然と立ち上がってきたのだ。白骨のような流木は自然の歪みを生かして、太い木を手摺に、細い木を支柱にして、網のように組み上げ、それぞれを麻紐で結んである。そのことによって、ツリーハウスを囲む、というイメージが出来上がったのだ。

人工の直線や曲線ではなく、流木という死んだ木の、素材そのものが放つ自由奔放な暴れ方は、生きている木のたくましさと張り合うのである。その緊張感が美しい。われわれはこのイメージを求めていたのだということが、ここまで作ってみて初めてわかった。アプローチの橋は、新館のベランダからクリの木の一段目のデッキに向かって延びているのだが、流木の手摺がアクセントになって、山小屋の建物ともしっくりと溶け込むようになった。デザインとして違和感がない。山の斜面のクリの木に孤立したツリーハウスがあるのでなく、三棟の山小屋と連動しているようなデザインが、これで浮かび上がってきた。

アプローチの橋を支える柱に、横長の木の看板が打ちつけられていた。「ALI：E」と彫られている。トクさんの工作である。「ALICE JAM」と彫るつもりだったのが間に合わなかったらしい。「これだと、「アリー」としか読めないじゃない」と言っても、彼は平気である。「C」の湾曲部分が難しかったので、とりあえずドリルで「：」だけを彫ったところで中断。それでも、トクさんは看板として掲げたのだ。二日後の七月二十一日に、毎年恒例の小室等氏の山小屋コンサートがある。そのとき集まる人々にツリーハウスを見てもらいたいのだ。まだ完成していないのに看板を掲げたというところが、ツリーハウスの棟梁としての意気込みなのである。

翌日、新館と旧館前のベランダの上に、ブルー・シートで大きなテントを張った。コンサートのときには毎年、旧館前のベランダの上にテントを張っているのだが、これまで雨が降ったためしがなか

次ページ・アプローチの橋に流木の手摺。
橋の支柱に「ALI：E」の看板

った。天気予報では、当日は晴天だった。今年はテントを張るのをやめておこうか、とも考えたのだが、山の天気はすぐ変わる。里を基準にした天気予報など当てにならない、ということもあって、念のためにテントを張ることにした。

結果的に、そのことがどれだけ効果をあげたことか。今年はコンサートが終わったあとの二次会で、集中豪雨が襲ってきたのだった。参加した人々は約五十人。その全員がテントの下に集まったおかげで、演奏者と観客との一体感が増して、一次会だけではなく二次会も集中度が抜群になったのだ。

テントを張る作業をしている間、VOICE SPACE の作曲家ナカムラ・ユミさんが、ベランダで自作の曲「坊や」（中原中也作詩）をメロディオンで演奏し始めた。この曲は去年の中原中也生誕百周年のためのイベントで、VOICE SPACE の朗読劇「子守唄よ――中原中也をめぐる声と音楽のファンタジー」で歌われた。わたしはこの朗読劇の演出を担当したので、何度も聴いている。だから、ギターのパートがいかに難しいのかも知っている。ユミさんの横で、薬剤師のヒロシ君が譜面を見ていた。ヒロシ君は薬局のノブちゃんの長男である。父親譲りの抜群のギター演奏技術を持っていて、難しいギターのパートを弾きこなした。

驚いたのは作曲家だった。ええっ、こんな難しい指使いの曲を初見で弾けるなんて！　それじゃ、コンサートの二次会で演奏できる。ということになって、山小屋少女音楽隊のユリカちゃんのハープ、モエちゃんのマンドリン、マミちゃんのキーボードのパートを、ユミさんは大急ぎで付け加えた。

草木染めのヨコヤマ先生の長女、ミユキちゃんは今回初めて山小屋に遊びに来た。大学時代はサックスを吹いていたという。じゃ、バウロン（太鼓）で参加してもらおう、ということになって、急遽、山小屋版の「坊や」演奏チームが出来上がった。ミユキちゃんはリズム感がよくて、たちまちのうちにチームに溶け込んだ。十代から二十代の新しい演奏チームが出来上がるのを横で見ているのは楽しい。ユミさんの指導のもとで、少女たちはその後、新館の二階に上がり、夕食も忘れていつまでも練習を続けていた。そのうちに、笑い転げる声が何度も聞こえてきた。練習の途中でカラオケ大会をしていたらしい。

今年の山小屋での小室等コンサートは、「夏のコムロ祭り」と称することにした。山小屋から地蔵峠を越えて信州に入ると、小諸市がある。この「小諸」という地名は、鎌倉時代は「小室」だった。当時、この地方に「小室」と「大室」という二人の武将がいて、「小室」は現在の小諸市の中心部、「大室」は小諸市西部に城を持っていたのである。地名はそこから生まれた。

現在の小諸市中心部の鎌倉時代の地名は「小室」。その「コムロ」がいつの頃からか、「コモロ」に訛ったのだ。民謡の「小諸節」も、かつては「小室節」だった。馬子が馬をひきながら、「田舎田舎と都衆《みやこしゅう》は　いひど／しなのよひのが　イヨ　小室節」と、十九世紀の初め、江戸でも歌われたのが最古の歌詞だ。

ちなみにこの「小室節」は、軽井沢の追分宿で「信濃追分」として歌われるようになり、後に瞽女《ごぜ》さんたちが各地に流行らせ、千曲川を下って日本海に流入した。海岸沿いの港から港へ北前船の漁師たちが歌い継いで北上し、「越後追分」に変化し、さらに北上して最後は蝦夷地へ届き、「江差追分」になった。「追分」とは山の別れ道のことを言うが、漁師たちが歌う海の唄「江差追分」に山道を指す「追分」という言葉が付くのは、唄の源流を示していることになる。山の文化の遺伝子を残しているのだ。山の「コムロ節」が海に広がった歴史にあやかって、わたしたちは「夏のコムロ祭り」と呼ぶことにしたのである。

リハーサルなしに始まった書斎での小室等コンサートは、自由奔放なものになった。歌詞の忘却、コードの間違い、など気にしない。キイを変えて途中から歌い直し、ということも頻繁にあって、それが最近の小室等氏の芸になって会場を沸かせるのだから、もはや怖いものなしである。音楽も詩も、それでいい。音楽や詩に「間違い」など、もともとないのだ。「介護役」登場ということになって、長女のフォークシンガー、こむろゆいさんが加わって、最後の歌に入ったとき、夏のウグイスの声が書斎の外から響いてきた。

小室氏とゆいさんの歌声に合わせて、ウグイスが実に巧みに「ピヨ、ピヨ」と鳴き、肝心なところで「ホー、ホー、ホケキョ」と合いの手を入れた。歌い始めてすぐにやめた小室氏が言った。「あの声に合わせようと思っているんだけど、自然の歌声にはかなわない」。その声が聞こえたかのように、夏の夕暮れのウグイスは小室等氏の歌声に合わせて、ますます強く鳴くようになり、観客はさらに耳を澄ませ、歌が終わった直後、鳥は「ホー、ホケキョ！」とみごとにフォルテで応じたのだった。

二次会は大雨となった。新潟に住む津軽三味線の二代目高橋竹山さんが、小諸市での公演を終えた後、遊びに寄ってくださった。彼女が二次会の冒頭、雨のしぶきがかかる中で、青森県の民謡や「日向木挽き唄」などをアカペラで歌い、途中から小室等氏がギターで伴奏した。この贅沢な冒頭から始まった二次会については、作曲家のユミさんがインターネットのブログの日記に、こんな詩を書いているので紹介しよう。

ロールキャベツに水餃子
ひき肉のレタスづつみ
おにぎり　にじます　お好み焼き

地元のみなさまや里帰りの若者
私のような都会から遊びにきた者やその家族や友達
総勢30〜40人ぐらいはいたのかな
小室氏のコンサート終演後、集まった人達みんなで
野外で立食パーティーが行われました

この山小屋に集まるのはすごい人やものばかり
建築のプロに料理のプロ、
民謡のプロにプロ並みの腕のギターマン、
それに地元でとれた川魚や野菜、雨でも心地よい空気が揃えば
もう大変な化学反応がおこります

少女達がマンドリンやハープでアイリッシュを奏でれば

木工師のおじさんが南米の笛を吹き出し
小室さんものってきて
パーティー参加者を突然自分の曲に参加させたりして
最後には小室さんとみんなで覚えたばかりの歌を大合唱

特急に酔いながら街に戻ると
どうしても虫が怖い私はまたひとりぼっちの都会っ子で
浴衣を持ってても着て行く予定を作る勇気が今年もなさそうで
しょうがないから今日も
東京喫茶ででてくる赤みがかったレタスサラダに
ごまかしのドレッシングを滝のように落とすのです

（中村裕美「しとしとにじむ」）

「雨でも心地よい空気が揃えば／もう大変な化学反応がおこります」という詩句や、最後の「ごまかしのドレッシングを滝のように落とすのです」は、実に魅力的だ。山小屋の夏の夜は蛾がつきものだ。虫が嫌いなユミさんは、蛾が来ると演奏中も逃げまくっていた。

二次会の最後。小室氏のリードで全員が合唱した。その歌が終わったとき、彼のギターに一匹の蛾が留まっているのに気がついた。ギターの音が響いても逃げないのだ。「じゃ、こいつのために、一曲を」と言って、小室等氏は、即興の歌をギターにあわせて歌った。一匹の蛾がこの日のヒーローに

小室等氏とギターの上の蛾

なった。みごとなエンディングだった。わたしは東京に戻ってから、「蛾」と題してこんな詩を書いた。

ああ　もう　ぼくらの頭の上に飾るものは
何もなくなった
ギターの上に留まる　一匹の蛾以外は
何もなくなった

夜の暗い緑の森のなかで
静かに息をしているものよ
夕方まで　さかんに鳴いていた　夏のウグイスよ
自然に勝るものは
何もない

山は驟雨に襲われて
歌声も　ギターの音も

夜空を流れる雲のなかに　吸い込まれて
ぼくらが知らないことの
何と多いことか

雨のなかで　静かに息をするものよ
かき鳴らされるギターの上で　逃げもせず
まどろみつづける　美しい蛾よ
おまえのその小さな羽根の動きに　恋をして
息するものに　魅せられて

人間は　どんな吐息で　歌えるだろう

「高過庵」と柱立て

八―九月

八月二日の午前二時半頃、浅間山が小噴火を起こした。山の警戒レベルは1から2に上がった。火山性の地震が続き、火口から二キロ以内は立ち入り禁止になった。四年ぶりの噴火だ。床屋のナカザワさんから、噴煙が少々高くなった程度で、たいしたことはないよ、夜になると火映現象が見られるんじゃないかな、という連絡がきた。火映現象というのは、火口内の温度が上昇して噴煙や雲を赤く照らす現象をいう。わたしは四年前、二〇〇四年の噴火のとき、浅間山の火映現象を一度もこの目で見る機会はなかった。今回の小噴火以降も、八月中の浅間山はたいてい昼間から夜まで濃い雨雲に覆われていて、現在まで火映現象に出会えていない。山は九月になっても警戒レベル2のままである。

小噴火前後のある日、谷川俊太郎氏と電話で話をした。最近は谷川氏が北軽井沢の別荘に来る機会が少なくなったので、以前のように彼がひょいとわたしたちの山小屋に顔を出すこともなくなった。今年の夏はどうしているの？　と聞いたら、うまく北軽に行く都合がついたら山小屋に連絡するよ、ということだった。そのときは、いま作りかけのツリーハウスを見に遊びに来てよ、と言った。その話に彼がのってきた。

「ツリーハウス？　昔、オレも作りかけたことがあったんだけど、結局、ツリーテラスどまりになっちゃったんだ」

ツリーテラスなら、いまのわたしたちの二段目のデッキまでができたツリーハウスと同じようなものだ。俊太郎さんがいつどこにツリーハウスを作りかけたのか聞き忘れたが、北軽の別荘の敷地内だろうか。谷川別荘には巨大なクリの木がいくつもある。以前、敷地内を歩いていたとき、ああ、この木なら大きなツリーハウスができる、と思ったことがある（しかし、後日確かめると、まったく別の場所にある友人の山荘だった。それは川辺に作られたが、ある日、大洪水で山荘もろとも流されたのだという）。

「親父の名が付いたツリーハウスが、二年ほど前にできたよ」

「知らない。どこにあるの？」

「山梨の清春芸術村に、茶室「徹」というのがあるんだよ。芸術村のオーナーのヨシイさんが親父と親しくしていたんで、それにちなんで小説家の阿川弘之さんが「徹」と名づけたんだ」

谷川徹三の「徹」である。それにしても、茶室の名前はたいていは「○○庵」とするのが普通で、「茶室「徹」」と命名するのは珍しい。ツリーハウスの茶室と聞いて、ふと設計は藤森照信氏ではないか、と思った。聞いてみると、やはりそうだった。藤森氏は故郷の長野県茅野市の実家の畑に「高過《たかすぎ》庵」と名づけた、世にも不思議な高床式の茶室を作ったことで有名だ。二〇〇四年に竣工したものだ。高さ約六メートルの二本のクリの木の上に、床が五角形の家。壁は黄色い土壁風に塗られていて、屋根は波打たせた銅板で葺かれている、国籍不明のデザインの茶室だ。長い梯子で上る。あまりに高過ぎるので「高過庵」。ここでお茶を飲むとゆっくりと揺れるんで目が回るんだ、と以前、藤森氏から聞かされて大笑いしたことがあった。

インターネットで調べると、清春芸術村の茶室「徹」は、「高過庵」とよく似たデザインだった。こちらは山から切り出した高さ約四メートルの一本の太いヒノキの木の上に、土壁の茶室が載っている。その不安定さが、フジモリ茶室の真骨頂で、見ているだけでおかしい。

そうか。生きている木でなくて、切り出して死んだ木の上に載せても、ツリーハウスと言ってもいいわけだ。わたしは目が開かれる思いだった。ツリーハウスという概念をもっと自由に広がらせるべきだ。調べてみると、藤森氏は将来、「高過庵」の横に、「低過庵《ひくすぎあん》」という地下に穴を掘った茶室も計画しているらしい。建築雑誌に載ったラフスケッチを見て、その阿呆らしさにまいったと思った。自由奔放さとふざけ方が徹底している。

藤森氏がこれまで作った、自宅の「タンポポハウス」（屋根や周囲の壁にタンポポが植えてある）や小説家の赤瀬川原平氏の家「ニラハウス」（屋根にニラが植えてある）、屋根の頂上に松を植えた「一本松ハウス」や建物の緑地化をめざした奇妙な作品は知っていたが、「ニラハウス」を外側から見た以外（冬なので、屋根のニラは哀れな風情で枯れ果てていた）、実際にはどの建物も写真以外に見たことはない。

八月初旬、あるパーティで藤森照信氏と会った。一度、「高過庵」を見学に行きたいのだが、茅野市のどのあたりにあるのでしょう、と聞いた。わたしはそのとき、外側から見学するだけでいいと思っていたのだ。すると藤森氏は、八月中は実家に帰省している機会が多いから、日程があえば「高過庵」でお茶をご馳走しましょう、と招待してくださったのだった。

八月中旬、わたしたちは山小屋から「高過庵」見学ツアーに出かけた。長野県の茅野市まで、白樺湖を通過し、大門峠を越える約二時間の道のりである。メンバーは、ツリーハウスの棟梁トクさん、床屋のナカザワさん、山小屋のシェフとしていつも珍しい新作料理やお菓子を作ってくれる東京のイナミさん、染色家のヨコヤマさんの長女で二十代のミユキちゃん、山小屋を主宰するセキさん、そしてわたしの六人だった。

茅野市に着くと、フジモリ氏が実家の前で手を振ってくれていた（ここから藤森氏がフジモリ氏になるのは、見学する建物の剽軽さがそうさせるのである）。まず見に行きましょう、とフジモリ氏は言って、家の前でトクさんに水の入ったやかんを手渡した。そして本人はアルマイトの鍋と針金のツルを持って道を歩きだした。フジモリ氏の後ろで、やかんを持って歩いているトクさんに、なんでそんなもの持っているの？　と聞くと、なんだかよくわかんないけど、「あんたはこれを持って」と言われたんだと言った。このあたりからわたしたちは、フジモリ・マジックに少しずつはまっていったのである。

まず案内されたのは、彼が最初に設計した「神長官守矢史料館《じんちょうかんもりや》」だった。「神長官」というのは諏訪大社の筆頭神官のことを言う。守矢家は縄文時代の頃から、この地域の族長だった。その守矢家のさまざまな史料や中世以来の文書を展示する歴史博物館が「神長官守矢史料館」である。

守矢家はフジモリ氏の実家から二〇メートルも離れていない。守矢家とは昔から親しく、また、照信というフジモリ氏の名前も守矢家の七十七代当主から付けられたという。そのことから一九八九年に設計を依頼され、一九九一年に竣工した。

わたしたちが訪ねた日は月曜日で、史料館は残念なことに休館だった。まるで中近東の砂漠の真ん中に、藁束が積み上げられたような、やわらかな感触の土壁風の四角い塔がある。塔は上部にいくにしたがって細くなっているのだが、この角度がなんとも言えずやさしい。そこから前方に屋根が延びている。屋根にはこの地方で産出する鉄平石が葺かれている。その壁面は板で覆われている。手で裂いたような板の手触り。「割り板」と言って、サワラの木をナタとクサビを使って割ったものなのだ。それが十七年の間に黒ずんで、風合いを増している。

いや、そのことよりも何よりも目を引くのは、史料館の玄関の屋根の上に突き出た、四本の自然木である。屋根を支える柱に自然木を使い、それが枝をつけたまま、屋根を突き抜けている。この地方に多いミネゾウという木。屋根を突き抜けたミネゾウの幹に、鳥のような形をした奇妙な鉄製の鎌がいくつも打ち込まれていた。「薙鎌《なぎがま》」と言う。諏訪大社の「御柱祭」に使われる木も、御神木として選定されると、目印としてこの「薙鎌」が打ち込まれるらしい。

「神長官守矢史料館」は、実に呪的な建物なのだ。フジモリ氏のデザインは、地元の呪的な世界とうまいバランスをとっている。いや、呪的な世界を引き込んでいる、といったほうがいい。このことは、後に見学する「高過庵」にも同じことが言えるのだが、屋根の上に突き出た四本の自然木も、「御柱祭」の柱立ての行事とつながるのだ。

「神長官守矢史料館」を後にして高台に上がると、守矢家が祀ってきた、ミシャグジ神を祭神とする小さな神社がある。ミシャグジ神は恐ろしい威力を持った神と言われ、その実態は謎めいている。社の祭壇を見ると、大きな黒曜石がいくつも並んでいた。わたしの目はそれに吸いよせられた。黒曜石は矢尻やナイフに使われ、縄文人にとってもっとも貴重な石だった。その黒曜石の日本最大の産出地は、この地域にある和田峠だ。ここから全国に行き渡った。ミシャグジの神は、黒曜石を牛耳っていたのだろうか。守矢家は縄文時代から強力だったはずである。

そのミシャグジ神社の横に、いくつもの小さな祠があった。守矢家が祀ってきた、いまは名もわからない神々の祠。その石の祠の前に、先の尖った丸柱が何本も地面に突き刺さっていた。六年ごとに柱立ての行事があり、建て替えられるという。その祠のある高台から下を見下ろすと、「神長官守矢史料館」が見える。史料館の屋根に突き出た四本の自然木。なんの不思議もない。あの自然木は、この柱立ての行事そのものを表していることがわかる。

なるほど！　そういうことかと感心していると、フジモリ氏は「この地域の人はあの史料館の四本の木を見て、みんなが、ああ、柱立てだね、と言いますよ。誰も不思議がらない」と言った。現地で見ると、フジモリ氏のデザインはけっして奇妙奇天烈ではなく、突飛でもない。

先を急ごう。わたしは早く「高過庵」にたどりつきたいのだ。しかし、フジモリ氏はふいに山道を外れて、横の畑に入ったのである。どこへ行くんだろうと見ていたら、農具を納めてある小屋があった。そこに、クリの木で作った長い梯子があった。梯子の先端には車が二つ付いていて、道路に出ると一人でも押して歩くことができる。よく考えたものだ。これが「高過庵」の鍵とも言える、梯子なのである。

山道を梯子を押して歩き、「高過庵」が見える畑までやってきた。実際に見ると、まわりの風景と溶け合って違和感がない。二本のクリの木で支えられているのだが、木はそれぞれ途中で二股になっている。五角形の茶室の床は三本の木が支え、残りの一本は高さ四メートルほどのところに作られた踊り場を支えている。フジモリ氏が「高過庵」を見上げながら言った。


次ページ・「高過庵」の踊り場に梯子をかける

「高過庵」入口を上がると白い天井中央に、金箔が貼られた明かり取り

「二、三日前に上ってみたんだけど、踊り場にスズメバチが巣を作っていて、それを追い出すのがたいへんだった」

われわれが来るというので、整備してくれたらしい。なるほど、スズメバチが巣を作るには格好の高さなのである。

トクさんとナカザワさんが、梯子を踊り場まで立てかけた。その作業を見ていて、ああ、そうかと気がついた。これも柱立ての行事なのだ。「高過庵」に上るたびに、柱立ての行事をする。フジモリ氏のデザインには、なんと諏訪文化が息づいていることだろう。茶室の高さも、これで納得がいった。

わたしはフジモリ氏のデザインと発想に、自由奔放さとふざけ方の徹底ぶりを見たが、それはこの地方の神々の世界と通じていて、その遊びの精神が脈打っているということなのだ。

フジモリ氏は畑の隅で火を起こし始めた。針金のツルを使ってアルマイトの鍋を吊るし、そこにやかんの水を入れ、トウモロコシを茹で始めた。あとで食べましょう、と言う。これで、トクさんにやかんを持たせた意味がわかった。

「高過庵」に上った。最初に見えるのは、真っ白い天井の頂点にうがたれた、金箔が貼られた矩形の明かり取りである。屋根の上にトップライトがあって、西側を向いている。そこから西日が差し込んで、金色の空間に太陽の光が反射する。その光が白い漆喰塗りの内壁に落ちてくる。なんというシンプルな美しさだろう。外壁の素朴な土壁の風合いと逆転するように、内部はやわらかなマシュマロのような雰囲気なのだ。窓からは茅野市を取り囲む山々や「神長官守矢史料館」が小さく見える。

室内の隅にある小さな囲炉裏に鉄瓶をかけて、地上でおこした炭火で湯を沸かす。煙突の穴が小さすぎて、ここで火をおこすと室内に煙が逆流するんだ、と言ってフジモリ氏は笑った。失敗もなにもかもが手作りの面白さである。

フジモリ氏がたてた抹茶をいただいた。空中でのお茶会はフジモリ氏の抱腹絶倒の会話が楽しく、お茶がおいしかった。四人が限度と言われていたが、六人が入っても大丈夫。ゆっくり揺れている。しかし目が回るというほどでもない。漆喰の薄さ、土壁のように見えるセメント系の外壁材の軽さ。外壁を土色にするためには、色粉をどの配分で混ぜればいいか。漆喰を薄く塗るための特殊な下地材のことなど、秘法の数々を教えてもらった。

縄文時代。浅間山麓は噴火が怖くて人々は住めなかった。それに対して諏訪盆地は、水が豊富でクリやブナなど実がなる樹木が多かった。縄文文化はこの地を中心に花開いた。

さて、現在の浅間山麓でツリーハウスを作るのには、わたしたちはどんな神々と遊べばよいだろう。

ツタウルシの秋

九―十月

モンゴルに行ってきた。モンゴルの詩人や中国の詩人たちとの詩の朗読会に参加したのだ。十月初めのウランバートルは初雪が降って、夜間には零下十度近くになった。

広大な草原の真ん中にあるゲル（漢語では「包《パオ》」）に一泊したときのこと。遊牧民特有のこの円形家屋は雪のなかで白い布に包まれて建っていて、初めて内部を覗いたとき、石炭ストーブが一つあるだけで、それを囲むように置かれた四つのベッドには、薄い毛布が一枚だけだった。これでは寒すぎる、と思った。シュラフが必要ではないか。わたしだけではなしに、一緒に行った中国や日本の詩人たちの誰もがそう考えた。

このゲル群の横に、ツアー客用の簡素なホテルが一棟あったのだが、ここはまだ冬にはなっていないので、スチーム暖房が入っていないという。その代わり、ベッドには厚い布団がある。どちらを選ぶか、迷った。高齢の谷川俊太郎氏だけは、ホテルの部屋のほうがゲルよりも温かいだろう、ということになって、そちらに泊まることになった。

しかし、実際はゲルのほうが明け方まで温かかった。実にうまく空気の調整ができる構造になっていたのだ。長い伝統のなかで培われてきた家屋は、極寒の日々を耐えられるよう作られていた。俊太郎さんは翌朝、ホテルの部屋は寒かったよ、ゲルのほうがよかったなあ、とくやしそうに言った。

ゲルはハナと呼ばれる円形の側壁と、オニと呼ばれる円錐形の天井によって出来ていて、それらはフェルトで覆われ、その上に白い布が重ねられている。側壁の骨組みは、細い木が斜め格子状に組まれていて、伸縮自在になっている。天井の中心に円形の天窓が開けられている。天窓は半円形の木の枠が二つ組み合わさったもので、床から立ち上がった二本の柱で支えられている。天窓の木枠の周囲から傘の骨のように放射線状に長い丸棒が側壁に向かって並べられ、その先端は斜め格子状の木の上に乗っている。

床にはフェルトの敷物がびっしりと敷きつめられている。床の中央、二本の柱に囲まれた真ん中に石炭ストーブがある。ツーリスト用のゲルではなく、一般のゲルではいまも牛糞を焚いているそうだ。煙突は天窓から外に突き抜けている。昔は夜になると、煙突を外して天窓をフェルトで覆ったらしいが、わたしたちが泊まったときは煙突は明け方までそのままだった。天窓と煙突の周囲には大きな隙間があり、側壁の裾もいたるところ隙間だらけ。入口の扉は木の一枚戸。立て付けが悪く、ここにも隙間があった。外気が方々から室内に入ってくる構造になっているのだが、それでも毛布一枚で十分、温かかったのだ。

軽くて、どこにでも移動できる家屋。わたしは山小屋のツリーハウスのことを考えながら、夜のゲルの天窓を見上げ続けた。浅間山麓のクリの木の上では、モンゴルのゲルのようにストーブを入れるわけではない。ただ、こんな簡素な家屋が木の上にあればいいのだ。定住民の感覚ではなく、狩猟生活の遊牧民の感覚で木の上の家を作れないものか。

モンゴルの草原はこの季節になると茶色い枯れ草に覆われていて、首都のウランバートルから離れると、ところどころに金色の葉になったカラマツの林に出会った。浅間山麓のカラマツ林のように密生しているわけではない。草原を流れる川のほとりにカラマツ林はまばらにあって、川の水はバイカル湖や北極海に向けて流れている。わたしたちが行った草原は、標高一三〇〇メートルの冬の山小屋の気候によく似ていた。

藤森照信氏の「高過庵」を見てから、わたしの頭のなかにいつまでも揺らめいているのは、白い漆喰が塗り込められた室内と、高い天井の中央に穿たれた金箔が貼られた明かり取りから落ちてくる、やわらかな光だ。これは天窓ではなかったのだが、天窓と同じような効果があった。

天井が高いということ。天窓があるということ。室内の形はどのようなものであろうと、天井の高さとそこから落ちてくる光は、人の心にいつまでもしみ入る。かつて、チベットの最西端にあるグゲ王国（八四二—一六三〇）の仏教遺跡を訪ねたときのことを思い出す。泥で作られた寺院はすべて朽ち果てていた。窓のない暗い本堂に入ると、本尊の仏は文化大革命の時代に壊され、土の破片となって足元に散らばっていた。しかし、本尊が立っていた場所の上を見上げると、複雑な木組みで天蓋が作られていて、その中心が天窓になっていた。木組みは色とりどりに美しく彩色され、天窓から落ちてくるやわらかな光は、仏像が何もなくても、そこが聖域であることを示すに十分だった。むしろ、うっすらと差し込む光だけのほうが、何もない空間を深い荘厳感で満たしていた。

人間が空へ向かって目を上げるということ。落ちてくる光のなかにいること。中原中也は「ゆふがた、空の下で、身一点に感じられれば、万事に於て文句はないのだ」（「いのちの声」）と歌ったが、彼もまたこのとき、詩のなかで空に向かって目を上げていたのだ。それは人間が一本のクリの木と同じ位置に立つということではないのか。クリの木もまた、種から芽を出し、一心に空を見上げて成長し、落ちてくる光のなかに枝や葉を広がらせようとしてきたのだ。

建材屋のトクさんを棟梁にして、床屋のナカザワさんと一緒に作ってきた山小屋のツリーハウスは、ようやく三段目のデッキを作る段階に入った。クリの木は上方に向かうにつれて幹の数が増え、ゆっくりと内側と外側にねじれている。三段目のデッキの位置には、五本の幹が伸びている。この真ん中にデッキを吊るすのだ。そのデッキの上に家を作る。どんな形になるのか、とにかく床の形が決まらないと、その上に載せる家のイメージが浮かばない。ツリーハウス作りは上に行くほど難しくなる。クリの木の幹のねじれが複雑すぎて、図面は描けない。描けるのはラフスケッチくらいで、現場で木の形にあわせてすべてを決めていかねばならない。わたしには、つねに先行してスケッチを描き、現場に駆けつけてくれるトクさんだけが頼りである。三段目のデッキの位置を決め、仮枠を作ったのが八月下旬。そのとき、ふと閃いた。

二段目のデッキは本体のクリの木にボルトで止める以外に、一段目のデッキから二本の方杖を斜めに立ち上げて支えてある。二段目のデッキは広いから安全を考えたことと、トクさんが好きなスティーブ・マックィーンとフェイ・ダナウェイの映画「華麗なる賭け」に出てくる別荘のデッキを支えていた方杖のイメージに合わせたのだった。しかし、実際に作ってみると、このデザインがどうしてもしっくりとこなかった。方杖は角材を使っていることもあって、本体のクリの木となじまないのだ。

2段目デッキの支柱は角材の方杖からY字型のクリの木に変更

三段目のデッキを作る前に、これをなんとかしようよ、とトクさんに相談した。雑談しているうちに、「高過庵」の垂直に立ち上がる六メートルもの高さの支柱を思い出した。いっそ方杖を外して、山からY字形のクリの木を切ってきて、一段目のデッキから立ち上がらせて支柱にしたらどうだろうか。うん、それならいっそのこと、地上から立ち上がらせたらいいな、とトクさんは言った。おっ、それがいい。「高過庵」を見学した効果は、さっそくこういうところで出てきたのだった。

九月中旬、トクさんとナカザワさんは山からY字型のクリの木を切り出して、地上から二段目のデッキの床下を支える柱にした。山から運び出すのは重たかったぜ、腰が抜けるかと思ったよ、とナカザワさんは言った。運ぶのもたいへんだったろうが、木を垂直に立ち上がらせるのにチェーンブロックを使って、二人だけの手作業は困難きわまりないものだったらしい。オレは床屋だからね、というのが決まり文句のナカザワさんは、こんな重労働はこりごりと言いながら、こまめに身体を動かす。奥さんのヒロコさんによると、このところ家でもフットワークがいいらしい。体調もよくなったという。ツリーハウス作りはストレスをなくすという、思わぬ効果を生んでいる。

このY字型のクリの支柱の基礎に、トクさんは独特の工夫をした。コンクリートの排水溝用の四角い箱を土に埋め込み、箱の底の丸穴に二メートルの単管パイプを差し込み、箱の内部をコンクリートで固めた。これで頑丈な基礎石が出来上がった。そして箱から突き出た単管パイプの先に、自在ジャッキベースを逆さまにしてはめ込み、クリの支柱を上下に動かすことができるようにしたのである。本体のクリの木が成長したり、霜などで二段目のデッキが上に持ち上がっても、自在ジャッキベースについている左右のハンドルを動かせば、支柱そのものの高さを調整することができる。

九月下旬、この高さ調整機能がついた基礎石を見たとき、わたしは感嘆したのだった。よく考えたものだ。地上から立ち上がるY字型のクリの支柱は、本体のクリの木と実に自然に寄り添っている。下から見上げると、本体のクリの木が生き生きしているように見える。

三段目のデッキの位置は、二段目のデッキに人が立っても天井に頭がつかないよう、二メートル以上の高さを求めた。三段目に上るのは、限られた人だけでいい。高過ぎて、怖くて上れない人がいてもいいのだ。二段目までは誰でも上れるが、三段目には不安感がほしい。高くて不安定であることの面白さがほしい。だから、それを恐れて二段目で立ち止まる人のために、そこからでも空まで見えるよう、眺望を壊さないように、二段目と三段目のデッキとの空間を広くとった。

三段目のデッキは、五本のクリの幹のうち、二本の幹にボルトで止めると同時に、他の一本の幹の上部にボルトを打ち込み、一二ミリ×一メートルの全ネジのステンレス棒二本で吊った。デッキ作りの作業はわたしが東京にいる間に、トクさんとナカザワさんが猛烈なスピードで仕上げたのだった。おいおい、もう少しゆっくりやってよ、という声も届かないまま、冬が近づくのを恐れた棟梁の判断だった。

三段目のデッキの上に、仮のコンパネが敷かれていた。地上から八メートルほどの高さになるだろうか。九月下旬に初めて三段目に上がったとき、空気が違うのがわかった。あきらかに二段目のデッキより気温が低い。山の気流が、ここで微妙に変わっているのかもしれない。上を見上げると、クリの木の先端近くの葉が見える。地上からは小さすぎて胡麻粒のようにしか見えない葉たちだ。それらがなんという新鮮な美しさで迫ってくることか。この三段目のデッキの上に作る家のデザインはどういうものになるのか。ヤドリギのような形にして竹籠を編む、という案もあるのだが、やはり密閉した箱状のものにしたい、六角形の家はどうだろう、などという案もあり、いまだにイメージは揺れている。ただ、どのようなものになるにしろ、この上空の緑の葉を楽しめるような天窓を作れないものか、と思う。そのことを考えたとき、やっとわたしたちが何をしているのか、ということがわかってきた。

われわれのツリーハウスは、一本のクリの木への讃歌であり、木をほめたたえるために作られているのだと。

ツリーハウス作りが上方へ行くほど、デザインが難しくなるのは、幹が複雑に広がっていることもあるが、それはクリの木そのものが自然との長い闘いをしてきたからだ。その年月に寄り添うことが、人間に求められているのだと思う。ここからはクリの木との対話こそが重要になってくる。

十月十二日、モンゴルから帰ってきた翌日、ネパール式「風のブランコ」作りが始まった。今年が三回目である。材料となる竹は九月下旬にトクさんの家の竹林から刈り取っておいた。アジャール君が奥さんのキョッキーとともにやってきて、陣頭指揮をとった。

去年作った二代目の「風のブランコ」は、建てた直後から激しく漕ぐと横棒が山側にはみ出し、ずれて斜めになった。原因のひとつに山側に使った二本の竹が弱かったということもあるが、とにかく失敗したのだった。この一年間、そのままにして乗っていたが、ブランコは傾き、ロープはすぐに捩れるようになり、高く漕ぐことはできなかった。

何も知らずに初めて作った一代目の「風のブランコ」は、全員が夢中になったためうまくいき、その経験を生かしてノウハウが出来たと思った人間が口々に勝手な指令を出して、船頭が多すぎるようになって作った二代目の「風のブランコ」は歪んでしまった。山小屋に遊びに来た近代政治思想史を専門とする御厨貴氏が、いかにも面白そうに笑って言ったことを忘れない。

「うーん、それは日本近代の進み方と同じだ。みごとに証明しているなあ」

山では紅葉が始まった。ツタウルシの葉が真っ赤になって白樺の幹を這っている。

晩秋の霧とキツネの足音

十一月

冬が近づいてきた。今年の山はカラマツの葉をなかなか落とさない。気候が不順なのだ。白樺、クリ、ブナ、ミズナラ、ウルシ、モミジと、紅葉が終わってから次々と木々の梢は丸裸になっているのに、カラマツの葉だけは金色から焦げ茶色に変わっても、こんもりと繁っている。

夕暮れになると、ミルク色の霧が出てきた。十一月中旬になると、マイナス一度くらいの気温だ。書斎の前のベランダで椅子に座って周囲の樹木を見ていた。霧のなかから墨絵のように木の幹や枝が浮かんで見える。まるで、長谷川等伯の「松林図屏風」のような世界だ。夕闇のなかで、焚き火の炎だけが音をたてている。

突然、霧のなかから枯れ葉を踏む静かな足音が近づいてきた。山の斜面を、まっすぐこちらに向かって歩いてくる。霧のなかから現れたのは、茶色の大きなキツネだった。キツネは太い尻尾を水平に伸ばして歩く。猫や犬、タヌキなどには見られない特徴で、美しい姿勢だ。彼はどうやらすぐ近くのベランダにわたしがいることに気づいていないらしい。焚き火の炎がひときわ高くなり、燃えている木の崩れる音がした。一瞬、キツネはそちらのほうを見上げたが、火を怖がる様子もない。無心に下を向いて歩いてくる。

どこへ行くつもりなのだろう。キツネには、はっきりと目的があるようだった。歩調をゆるめず、書斎の前の階段を上がり、ベランダに載り、通過しようとする。わたしが座っている椅子の右側、二メートルほど横を歩いていく。その真剣な顔つきが可愛らしいので、おもわずチッチッと舌音をたてて呼んでみた。キツネはわたしの顔を見た。驚かない。あっ、ここは今日、通行禁止なのね？ といった風情で、ゆっくり回れ右をして、歩調を変えず、また階段を降りていった。怖がって逃げているのではない。じゃ、別の道を行くよ、という態度で、やはり顔は下を向いたままだ。そして山小屋の入口の階段を降り、道路を横切って森のなかへ消えた。

あの無心さは何だろう、と思った。田村隆一の詩集『言葉のない世界』（一九六二年）に、冬のキツネの足跡を歌った「見えない木」という詩がある。

雪の上に足跡があつた
足跡を見て　はじめてぼくは
小動物の　小鳥の　森のけものたちの
支配する世界を見た
たとえば一匹のりすである
その足跡は老いたにれの木からおりて
小径を横断し

もみの林のなかに消えている
瞬時のためらいも　不安も　気のきいた疑問符も　そこにはなかつた
また　一匹の狐である
彼の足跡は村の北側の谷づたいの道を
直線上にどこまでもつづいている
ぼくの知つている飢餓は
このような直線を描くことはけつしてなかつた
この足跡のような弾力的な　盲目的な　肯定的なリズムは
ぼくの心にはなかつた

（「見えない木」全三連のうち第一連）

一九六〇年代のはじめ、田村隆一が北軽井沢に住んでいた頃の詩だ。雪の上のキツネの足跡、カモシカの足跡、リスの足跡は、わたしたちの山小屋でもしばしば見かける。そのたびに、わたしは田村氏のこの詩のことを、これまでも思い出すことが多かった。しかし、キツネの足跡が見せる「弾力的な　盲目的な　肯定的なリズム」は、どんな足音で、どんな顔つきで刻まれるのか、実際に知ることはなかった。間近にキツネが歩いてやってきたとき、初めて彼の静かな足音と歩くリズムを知った。予定しないことが起こっても、その足のリズムは乱れない。なんという大胆さなのだろう。無心に歩く。ああ、これはほんとうに美しい！　わたしはキツネが消えていく方向に目をやり、その水平に伸びた尻尾に惚れた。

突然　浅間山の頂点に大きな日没がくる
なにものかが森をつくり
谷の口をおしひろげ
寒冷な空気をひき裂く
ぼくは小屋にかえる
ぼくはストーブをたく
ぼくは
見えない木
見えない鳥
見えない小動物
ぼくは
見えないリズムのことばかり考える

（「見えない木」第三連）

田村隆一は、「僕は二十一世紀は生きたくない。皆さんにお任せする」と言って、一九九八年に七十五歳で亡くなったが、二十一世紀になっても浅間山麓の小動物たちは、「見えないリズム」を刻み続けているのだ。

今回、山小屋に着いたとき、書斎の隣の、ネパール式の「風のブランコ」のある芝生地の片隅に、夜目にもあざやかに白いものが大量に散らばっているのを発見した。何だろう。まだ雪が降る季節ではない。近づいて見ると、鶏の白い羽根だった。

一ヵ月前の十月十二日、三代目の「風のブランコ」を作ったとき、ヒンズー教のしきたりにしたがって、わたしたちは鶏を生贄にした。アジャール君が雄鶏の首を刎ね、その血をブランコの四本の竹の支柱の根元と、踏み板（ネパール語で「ピリカ」）に捧げ、花と米を撒いてヒンズーの神様に安全祈願のお祈りをした。儀式が終わると、鶏を捌いてネパール・カレーの具材にした。首や足や骨、羽根などは、芝生地の片隅に穴を掘って、他の食べ物の残りと一緒に埋めておいた。山の獣たちは血の匂いに敏感である。どんなに深く掘って埋めておいても必ず掘り返す。掘り返された穴を見ると、タマネギの皮やキャベツの切れ端だけを残し、血の匂いのするものは跡形もなく、実にていねいに土を掻き出していた。クマではない。細い手足の跡がある。おそらく、わたしの横を通り過ぎようとしたキツネの仕業に違いない。彼はここをテリトリーにしていて、いつもの餌場へ、一直線に向かおうとしただけなのだ。山小屋に灯がつくと、人間どもがまた何かを埋める、と知ってしまったのだろう。

その三代目の「風のブランコ」作りのことである。わたしたちは去年の失敗に懲りて、用意周到に三度目の正直をめざした。成功した一代目のブランコは、四・五メートル四方の敷地に、四本の竹の支柱を立ち上げたのだが、二代目のときは欲張ってもっと大きなブランコを作ろうとして、敷地をさらに広げたのだった。これを元の大きさに戻した。さらに、これまでは竹を紐で結び合わせる高所の作業を、軽業師のように長い梯子の上に乗ってアジャール君がやり、下で数人が梯子を支えるということをやっていたのだが、この梯子をやめて、敷地の中心に三段の足場を組み立てることにした。村

次ページ・3代目「風のブランコ」

の土建業のマモちゃんに頼んで、足場を貸してもらったのである。高所の作業には足場が必要だ、という当然のことを、どうして誰もいままで思いつかなかったのか。集団心理というのはおかしなものである。山小屋に伸縮自在の長い梯子がある、ということだけに目を奪われて、足場のことを忘れていたのだ。いずれにしても、これで今回の作業はずいぶん楽になった。

秋のスキー場跡地の草刈り、「風のブランコ」作り、十二月から放水が始まる「氷のオブジェ」のための骨組みの補強。十月の山小屋は、この三つの作業が重なり、おまけにツリーハウス作りが続いていた。

ブランコ作りの日には、アジャール君の指揮のもと、アジャール夫人のキョッキーさん、建材屋のトクさん、八百屋のキー坊さん、床屋のナカザワさん、それに埼玉から去年と同様、ブランコ作りに駆けつけてくれたワタナベさん、東京から大勢の若い友人たちを連れて助っ人にやってきてくれた、隣の別荘に住む保険業のタカヒロ君が作業に加わった。若い人たちには、古いブランコを解体した後の竹を小さく切って焚き火用にまとめてもらった。また、峠にある「氷のオブジェ」の骨組み補強の作業を同時進行させて、そちらにも回ってもらうことにした。この全体の動きを采配するのが、わたしの役目だった。

ブランコ作りの作業は、三度目となると、少人数でも手順がよくなった。谷側に一三メートルの長さの竹を四・五メートルの距離で立ち上げ、それらを紐で引っ張って曲げ、地上から六メートルの高さで結びつける。アジャール君は足場の上に坐って作業をしている。見ていても、去年までのようにいつ落ちるかと心配する必要がない。それが終わると、山側に二本の竹を立ち上げる。ここまでは順調に進んだ。しかし、それから思いもかけないことが起こったのである。

山側の竹の四本目を曲げようとしたとき、あれっ、と悲鳴が聞こえた。竹は地中に一メートルほど埋めてある。その竹が地上に出た箇所で、折れたのだ。今年の春に誕生した一年ものの竹だった。水分が多く、やわらかすぎたのだ。しかし、他の三本の竹も一年ものだ。どうしてこの竹だけが曲げに弱いのか。折れた箇所を見ると、竹が地中で動かないよう、周囲に打ち込んだ木の杭の角があたっているようだ。角を鋸で削り取った。幸い、今回は竹林から予備を含めて六本の竹を運んできている。別の竹に変えることにした。

新しく立ち上げた竹を、ゆっくりと曲げた。すると、またしてもこの竹も同じ箇所で折れたのだった。こんなことはこれまで一度もなかった。絶望的な気分になった。もう一本、予備の竹が残っているが、これは長さが足りない。「駄目だな、一年ものは！　来年はもっと太い孟宗竹にしよう」と言い合ったが、孟宗竹が生えている竹林は、山をさらに遠く下りた里にしかない。その運搬がたいへんなので、例年のように今年もトクさんの家の竹林にやっかいになったのだった。三年続くと、同じ竹林に理想的な太い竹はなくなったのである。ともあれ、今年はどうしよう。四本目の竹は、折れた箇所から下を切り取り、曲げないで斜めにして、地中に差し込むことにした。竹の支柱を曲げることによって、ブランコのしなりがよくなるのだが、しかたがない。邪道だけれど。

三代目の「風のブランコ」の横棒は、四メートルの単管パイプを使った。そこからロープを下ろし、去年と同じ踏み板をはめ込んだ。これですぐ乗れるわけではない。生贄の儀式が済んでからだ。雄鶏は今年もナカザワさんが養鶏場からもらってきてくれた。雄鶏を探して三年目になると、日本の養鶏場の事情が少しずつわかってきた、とナカザワさんは言った。

雄鶏の生涯は悲しい。雄鶏は有精卵を生ませるためにだけ必要で、雌鶏数十羽に対して雄鶏は一羽しか鶏舎に入れないらしい。孵化場では、雄鶏は孵化した直後に殺され、家畜の餌か肥料にされる。そのため、雄鶏を手に入れるのは困難で、あらかじめ孵化場に注文しておく必要があるそうだ。

今回の雄鶏は養鶏場の人が、「そう言えばこの前、雌鶏を入れ替えた時に一羽だけ間違って雄鶏が入ってきたけど、そいつを持っていくかい？」と言ってくれたので、もらうことができたのだという。たしかに去年の雄鶏より鶏冠が小さく、若かった。

アジャール君は来年のことを考えて、小豆島で養鶏場を営んでいる友人に、雄鶏をヒヨコから育ててもらう約束をしてきたらしい。「でも、どんなふうに雄鶏を送ってもらおうかな。宅急便では駄目らしいから」と言って、彼は悩んでいる。

ともあれ、今年も無事に生贄の儀式が済んで、ブランコの初乗りは、村の小学五年生のモモカちゃんとその同級生の少女たち四人、それに六年生のマミちゃんにお願いした。結婚前の女性が最初に乗ることで、ヒンズー教では豊穣儀礼となるのだ。

去年に比べてよく揺れる。ブランコのスタイルは、いままでで一番美しい。三度目の正直は成功したのである。揺れ方を点検して、山側の竹の支柱二本は、それぞれにさらにもう一本の竹を沿わせ、紐で縛りつけて補強した。少女たちが四人乗って激しく揺らしても、これで強くしなるようになった。

「風のブランコ」作りにおいてもツリーハウス作りにおいても、人間の作業は、ためらいと不安と疑問符の連続である。

火山とエロス

二〇〇九年二月

二月二日、浅間山が噴火した。この噴火はみごとに気象庁が予測したものだった。前日の午後一時頃、気象庁地震火山部が浅間山を警戒レベル2から3に引き上げた、というニュースがあった。警戒レベル3というのは、火口から周辺四キロ以内は立ち入り禁止ということ。噴火が切迫しているということだった。

「浅間山では、一月にはいって火山性地震のやや多い状態がつづいていましたが、本日〇七時頃から山頂直下が震源とみられる周期の短い地震が多くなり、地震回数は更に増加しています。また、傾斜計の観測では〇二時頃からわずかな山上がりの変化が観測されています。

これらのことから、今後、居住地域の近くまで影響を及ぼす噴火が切迫していると予想されますので山頂火口から四キロメートルの範囲では、噴火に伴う大きな噴石（風の影響を受けず弾道を描いて飛散する大きさのもの）の飛散等に警戒が必要です」

これが二月一日の気象庁の噴火警報だった。

「山上がり」というのは、山体が膨張していることを示す。火山の底からマグマが上昇してくると、

「山上がり」になる。山の斜面の傾斜角度が大きくなるのだ。

浅間山は二〇〇四年九月にも噴火した。そのときも「山上がり」の現象が見られたのだが、それが噴火に結びつくのかどうか、当時の火山研究者たちは判断を躊躇して、警報を出さなかった。しかし、直後に噴火は起きた。そのときの経験から浅間山の性格がわかるようになり、今回の俊敏な警報に結びついたらしい。そして予測通り、翌日の午前二時頃に噴火したのだ。

小規模の噴火で、火口から西北方向、一〇キロ地点にある山小屋にはなんの被害もなかった。煙は東南方向に流れ、軽井沢から埼玉、東京まで火山灰が降った。

浅間山の観測体制は、二〇〇四年の噴火以降、民間の観測者が増えて、急速度に整えられたようだ。そのひとつに「まえちゃんねっと」というインターネットのサイトがあって、浅間山を二十四時間、さまざまな方向からカメラで映し続けている。わたしは山小屋に行かないときでも、東京で山が恋しくなると、浅間山の様子をこのサイトで見ている。雲が出て山の全容が見えないときもあるが、北軽井沢に設置されたカメラの映像は浅間山をアップにし、いつも煙の流れる姿を映し出している。

去年の八月頃から、浅間山の煙が力強くなっていた。縦に伸びる入道雲のような煙になっていたのだ。気象庁は警戒レベルを2にしていた。火口周辺の立ち入り禁止規制である。

十月頃になると「薄青い煙が立つようになった。いつ噴火してもおかしくないよ」と、農協のタモツさんが言い、わたしは床屋のナカザワさんと一緒に浅間山の煙の写真を撮りに、「愛妻の丘」まで車を走らせたこともあった。「愛妻の丘」とは、なんとも気恥ずかしいネーミングなのだが、嬬恋村に「日本愛妻家協会」というのがあって、「キャベツ畑の中心で愛を叫ぶ」(略称「キャベチュー」)と

次ページ・2008年10月、浅間山の煙

いう奇妙なイベントを、数年前から毎年開催している。『世界の中心で、愛を叫ぶ』というテレビドラマにもなった青春恋愛小説があったが、そのタイトルのもじりであることはたしか。しかし、なぜ、キャベツ畑の中心なのか。野菜と愛妻の語呂合わせだ、という人がいて、なんだか怪しくて強引でおかしい。全国から集まった既婚の男性が、妻に向かって「愛してるよ〜」と大声で叫ぶコンテストで、その叫ぶ場所がキャベツ畑のよく見える、浅間山に向かった小高い丘。その丘が「愛妻の丘」になったというわけだ。叫ぶ場所には、白樺の木で囲った台がしつらえられている。その昔、日本武尊が東征した折り、この地で亡き妻に向かって「吾嬬《あづま》はや（ああ、わが妻よ！）」と三度叫んだという神話から生まれたイベントだ。まさか、こんなイベントに集まる人はいないだろう、と思っていたら年々、応募者が増えているというのだから、冗談にしても不思議な現象である。

火山に向かって愛を叫ぶ、というのなら、わからないでもない。噴火している火山は、実にエロチックだからだ。「まえちゃんねっと」の画面は、二月二日の噴火の様子を真正面で捉えていた。噴火前後の一時間を、一分にまとめた動画がある。今回の噴火はマグマが噴出したのではなく、火道の横に溜まっていた大量の水がマグマの熱で蒸気となって膨張。それが火口で蓋となっていた溶岩を吹き飛ばした水蒸気爆発だったらしい。しかし、動画を見ると火柱は火口そのままの太さで、上空まで真っ赤に立ち上がっている。火口の周囲一キロにわたって、赤く輝いた噴石が水のような軌跡を描いて、次々と飛んでいる。

火山というのは地球の肛門だ、と言ったのはバタイユだったが、たしかに噴火の映像を見ていると、明らかに地球のエネルギーの排泄行為であり、この過剰さは何だ、と驚かされる。

二〇〇四年に浅間山が噴火したとき、わたしはこんな詩を書いた。

浅間山

どしゃぶりの雨のなかを
床屋のナカザワさんが走っていく
山で雉子が鳴いたから
噴火が始まる
美しい火山はきまぐれだから
村の宴会場まで知らせに行くのだ
煙はますます青くなっている
人間には暗黒だけれど
灰は風下に向かって平等に降るんだ

これはまったくフィクションなのだが、わたしのイメージのなかでは「村の宴会場」で酒を飲んでいるのはトクさんなのだ。いまは携帯電話があるから走って知らせる必要はないのだが、ちょっと昔ならこういうことになるな、という想像上の産物。ただ、このなかで事実に即しているのは、「山で雉子が鳴いたから」と「煙はますます青くなっている」というところだ。嬬恋村での言い伝えに、

「山がはねる」（噴火する）前兆として、煙の色が青くなるということと、山のなかで雉子が鳴く、ということがあるのだ。そういう話は聞いていたのだが、二〇〇四年の噴火の前に、わたしは二つとも実際に体験した。煙は青くなっていた。そして、浅間山を遠くに見ながら、車でキャベツ畑の横の道路を走っていたとき、いきなり、二羽の雉子が山のなかから鳴きながら飛び出してきたのだ。

まさか、と思っていたが、それからしばらくして山は噴火した。言い伝えはほんとうだったのだ。

床屋というのは昔からあらゆる情報が集まるところだ。ナカザワさんはいつもお客さんから聞いたおもしろい話を知らせてくれる。今回はこんな話だった。

「地元のお年寄りが言うには、昔の噴火の時には田代にも噴石が降ったそうで、なかにはキャベツ位の大きさの噴石もあったそうです。「そんときゃ〜おめぇ〜、親からコネ鉢被って肥え庭（堆肥の山）に上ってろ！　なんて言われておっかなかったなぁ」なんて言ってました。コネ鉢は判るけど、何で堆肥の山に上ったのか聞いたら、「そりゃ〜、家が揺れて潰れりゃぁ〜あぶねぇし、地割れが出来ても落ちねぇようにサァ〜」だって」

堆肥の山を「肥え庭」と呼んでいたのだ。昔は「庭」というくらいの大きな堆肥の山を作っていたのだろう。嬬恋村田代の畑の土は養分が足りなかったから、堆肥の用意は他の地域よりも周到にした。噴火が始まって噴石が降ってきたら、その臭いふんぷんたる山の上に、蕎麦やうどんを作るときに使う大きな木のコネ鉢をかぶって上れ、という指示は、なかなか適切だと思う。火山活動と一緒に、地面が振動して地割れが起こる、ということがこれまであったのかなかったのか、わたしはよく知らないが、もしそうなっても大きな堆肥の上にいたら、やわらかなクッションとなって大丈夫だろう。どこからこういう危機管理の知識が生まれてくるのか。さすがに火山の地元の避難行動のアイディアは、臨場感がある。

ところで、今回の噴火で火山灰が薄く降った軽井沢では、小浅間山（浅間山に隣接する山）への登山が禁止になり、そのことを伝える軽井沢町と軽井沢警察署、東信森林管理署連名の看板が登山口に出た。

看板には、「ただいまの噴火警戒レベルは3です。火口から4㎞を超える範囲は立ち入り禁止。小浅間山の登山禁止」と書かれていた。「火口から4㎞以内の立ち入り禁止」のところを、四キロを超える範囲の立ち入り禁止。どこで、どうあわてたのか。これでは、火山の中心が一番安全、ということになる。エロチックな火山のまわりで、地上にいる人間はちょろちょろと動き回って滑稽な失敗をおかす。

いまも浅間山の煙は勢いが強く、ときどき微噴や連続的な小噴火を起こしている。二月三日の国土地理院の報告では、浅間山の山体の膨張は、去年の七月頃から徐々にマグマが垂直の板状となって貫入したためで、その量は推定約二〇〇万立方メートル（東京ドームの約一・六杯分）。マグマが貫入した位置は、浅間山の火口から西北西方向約六キロ、地下約二キロメートルの地点だという。

現在では、まるで浅間山をレントゲン写真で撮ったような観測ができるようになっているのだ。ところで、浅間山の火口から西北西方向、約六キロの地点と言えば、火口から西北方向、約一〇キロにある山小屋に近い。山体膨張による地殻変動の力は、山小屋方面に向かっていないから安心だが、つい近くの地下でマグマが垂直に上昇してきている、というのは、透明な想像力をかきたてられる。

火山というのは、突然、噴火するから火山なのだよ、予測なんてされるようになってはエロスも何もないではないか、と幻想文学をこよなく愛する友人、イッコウさんが言った。イッコウさんは赤坂見附でシングルモルトの専門バーを経営していて、わたしのシングルモルトの師匠なのだが、ときどき山小屋にも遊びに来る。

そのイッコウさんの店に、去年の七月から十一月まで村の青年が調理師見習いとして弟子入りしていた。キャベツ農家のヒロユキ君である。小さい頃から山小屋に遊びに来ていた。長野にある調理師学校を卒業したあと、しばらく村の土建屋のアルバイトをしていたが、あるとき、わたしと一緒に里の旅館の温泉に入ったとき、いつまでそんなことをやっているんだ、調理師に本気でなるつもりがあるのか、と叱ったことがあった。

しばらくして、彼は突然、上京を決意した。東京で働いて将来は村に戻る。キャベツ農家のための弁当を作る。村で仕出屋をやるつもりだと言った。一人できちんと考えていたのだ。大賛成だと言った。

下宿はわたしの甥のジュンジが住んでいた郊外のアパートを世話した。彼はそこから都内のイタリア料理店を見つけて通勤し出したのだが、わずか二週間でやめた。これも突然だった。考えてみれば、青年というのは予測のつかない火山と同じなのである。驚いて呼び出して聞いてみると、調理場に入れないのが辛い、と言った。店で話し相手が誰もいないのも辛い、と言った。村の青年にとって、孤独な都会の生活は辛いのだ。

そこで、わたしはイッコウさんに相談したのだった。ああ、それなら連れておいで。仕込んであげよう。彼はそう言ってくれた。赤坂見附の店で、ヒロユキ君は調理師になる基礎の基礎を学んだ。イッコウさんの店は予備校だった。無口な青年なので、一見、何を考えているのかわからないのだが、大人には好かれる。それまで何もしていなかったので、なにもかもが白紙である。それが調理師見習いに向いているのかもしれない。店のお客さんたちに可愛がられているようだった。やがて、服装まで師匠であるイッコウさんの趣味に似てきた。オートバイが好きなイッコウさんに勧められて、バイクを買い、それに乗って通勤していた。いつまで予備校にいるのだろう、とわたしがいぶかしむようになったとき、イッコウさんの世話で、いくつかの料理店の面接を受け、最終的に十二月、目白にある老舗の大きな日本料理店に就職が決まった。面接を受けたとき、両手を出せ、と言われて手の細菌の検査をされたという。

ヒロユキ君が面接に受かったと電話で連絡してきたとき、その声を聞いて、こいつは化けるな、とわたしは思った。何も考えていないように見える白紙の青年でも、肝心なところで地底にマグマが貫入すると、火山のように化ける。

山から遠く離れて

雪がまだ深い一月、ツリーハウスの建設作業が待ちきれないとばかりに、トクさんがクリの木の二段目のデッキに長椅子を作った。脚の部分と背もたれには自然木を使い、座るところには、これまで使った木の端材を利用。三角形の木片をパッチワークのように組み合わせたもので、なかなかしゃれている。一人でやったらしい。

アリスジャムのインターネットの掲示板にその写真がアップされた。いいなあ、と思っていたらしばらくして、床屋のナカザワさんと一緒に、やはり二段目のデッキに、小さなテーブルを作った。デッキを突き抜けている大きなクリの木の幹を取り囲む、円形のテーブルだ。デザインはナカザワさんだからね、という連絡が入った。掲示板で二人はこんな会話をしていた。

トク「今年中には三段目に家を作って、あのベンチに座って酒を飲もう」

ナカザワ「もちろん！　あそこで景色を眺めながらビール飲んだら最高だな」

トク「オレはあそこにボトルを入れる棚を作るぞ」

ナカザワ「そんなものはいらねえよ。上の枝から吊るしときゃ、いいんだ」

2段目デッキに長椅子と円形テーブルが登場。奥は山小屋新館

二月に入ると、トクさんからFAXが届いた。三段目のデッキに上がる途中に、小さな木の葉のような形のデッキを作りたいという。

「三段目のデッキから一五センチ下がったところに、虫食い状態の葉っぱのデッキを作ります。梯子で上るためのステップです。梯子は普段は外しておいて、二段目のデッキの手摺にしておきます。梯子がどこにあるかわからないようにしておくんです。そんなデザインの梯子をオオタケ・オサムさんに頼んで作ってもらいます」

とあって、図面が描かれていた。穂高の木工家具師のオサムさんは、ツリーハウスの作業が始まってから山小屋に顔を出す機会が少なくなっていたのだが、なんとか今年はツリーハウスを完成させるために、手助けしてもらおうということになったのだった。図面には、三段目のデッキの外側に大きな葉っぱが突き出た絵が描かれていて、その葉っぱの真ん中部分が半円形にくり抜かれている。この穴に下から梯子を差し込んで上がってこられるようにする、というわけだ。

「初志貫徹。ミノムシがどこかに見え隠れしていないと面白くない。誰が何と言おうと、これに決めた次第。ナカザワさんには言わないでね。反対されると、後に引かない気がします」とも書かれていた。

温厚なナカザワさんがこの計画に反対するとは思えない。だから、たぶん、これはわたしへの警告だったろう。わたしに反対するな、とトクさんは言っているのだ。笑ってしまった。

初志貫徹、とあるのは、もともとツリーハウスのハウス部分のデザインは、ミノムシのようなものにしようというアイディアがあって、そのデザインがわたしたちのなかで二転三転してなかなか決まらないまま、ここまで来たのだった。しかし、一段目から三段目までのデッキの形は、クリの木を取り囲む葉っぱのようにしよう、ということだけは決めていた。そのことをトクさんは忘れていなかった。だから、新しく作りたいという三段目のデッキへのステップ部分を、虫食い状態の葉っぱのデザインにしたいというのだ。

誰が何と言おうとやりたい、というのは、去年の秋、三段目のデッキをトクさんが最初に作ったとき、あれよあれよという間に、デッキのデザインをギターの曲線を真似た形にして、その回りを木の帯で巻いたのだった。わたしはそれを初めて見たとき、思わず言ったのだった。

「なんだ、このオマルのような形は!」

そばにいたナカザワさんはギョッとし、トクさんは憮然としていた。一段目から二段目まではシンプルな葉っぱのようなデッキの形になっていてわたしは気に入っていたが、三段目だけがやけに大きくて重いデザイン。葉っぱではなく、何か意味ありげな形になっていて、それが気に入らなかった。しかも頑丈すぎる。トクさんはギターの曲線を真似たらしいが、わたしには便器の曲線に見えたのだった。

「あんなオマルみたいな形のデッキを、山小屋に来るたびに見上げるのは辛いよ」

トクさんの顔を見るたびに、オマル、オマルと言い続けた。そのうちにいつのまにか、トクさんも、あのオマルが、と言うようになった。刷り込み現象である。そして雪が降り出す前に、トクさんは突然、三段目のデッキの床板を剝がして、骨組みだけの状態に戻したのだった。

「あれだけオマル、オマルと言われ続けていたら、夢見が悪くてね。雪が降る前に剝がしちまうんだ。誰だ、コンパネにこんなに釘を打ちつけたのは!」

三段目のデッキには家を作る予定だ。そのため、デッキの床板にはコンパネを張り、その上に水がしみ込まないシートを大量の釘で打ちつけていたのだが、それも剝がした。

わたしが三段目のデッキのデザインに反対したのが、トクさんはよっぽど気になったらしい。今回はそのデッキへのステップ部分を作るにあたって、わざわざ、「誰が何と言おうと、これに決めた次第」と書くに至ったというわけだ。

トクさんから電話がかかってきた。いいでしょ、あのステップ、と言う。あんまり山小屋に来なかったら、どんどん勝手に進めていくからね、とも言った。

トクさんの今回の計画で素晴らしいのは、梯子を使わないとき、二段目のデッキに、梯子を横に寝かせて手摺にしておく、というアイディアだ。それはいいな、とわたしは言った。それに、と付け加えた。いまは三段目のデッキに家が載っていないから、全体イメージが見えにくいけれど、もし家が出来たら、二段目と三段目の間に張り出しのステップがあるのも、バランスが取れていいんじゃないだろうか。二月下旬、虫食い状態の葉っぱを模したステップが出来上がった。

わたしはついに二月には、一度も山小屋へ行くことができなかった。セキさんや他の東京在住メンバーは山小屋に出かけて音楽会を開いたりしていたのだが、わたしは大阪で弟夫婦と一緒に住んでいる父親の認知症の状態が増したので、その緊急の介護に出かけたり、旅に出ることが多かったのだ。

わたしの父は、今年の十月が来ると九十二歳になる。病弱で小柄な彼が九十歳代まで生きるとは、わたしたち家族は想像もしていなかった。二月に大阪に戻って、ベッドに坐っている父と一緒にテレビを見ていたとき。画面には八十八歳の元気なお婆さんが映っていた。突然、父がわたしに言った。

「オレはいま、いくつになったのかね」

「今年で九十二になるよ」

「ええっ、そんなになったのか!」

ほんとうに驚いたように、目を大きくした。あるときから血尿が出るようになったので、一週間ほど入院させた。病院へ入れることが老人にとっていいことかどうか、迷った末の選択だった。点滴と薬物治療で血尿は止まったが、退院してからめっきり足腰が弱り、歩くスピードが遅くなり、食事も少なくなった。食べることを忘れるようになった。トイレに行くまでの間に、廊下におしっこを垂れ流すようになった。その廊下を毎日、何度か拭く。弟の嫁さんのケイコさんが日々、その仕事をやっているのかと思うと、大阪に戻るたびに彼女にかかる負担が申し訳なかった。わたしは廊下を拭いているとき、しかし、なんだかふいに楽しくなった。

幼稚園に上がる前の、小さな頃のことを思い出したのだ。わたしは夜中に寝ぼけてトイレに行ったのだが、トイレから戻るとき、糞便をスリッパにつけたまま、廊下を歩いた。気持ちが悪かった。しまった、と思ったが、怒られるのが怖くて、そのまま布団に潜り込んで寝てしまった。翌朝、母親が気づき、悲鳴が聞こえて目覚めた。父親が廊下に点々と残ったわたしの糞便の後始末をしてくれた。その光景がありありと甦ってきたのだ。ああ、オヤジはかつてのわたしの世界へ、それよりももっと前の赤ん坊の世界へ、徐々に戻っていこうとしているのだ。

そんな状態でも、彼は一週間に一度、近くの美術サロンに絵を教えに行っている、と言うとみんなが驚く。家では認知症の状態でも半世紀以上、いや現在まで数えると七十年近く絵の教師をしていた父は、その現場に立つと元に戻るのだ。わたしは一度、心配になってこっそりと見に行ったことがある。一年前のことだった。よろよろと前を歩いていた父は、わたしに「ついてくるな」と言った。しかし、わたしは父のあとについて教室に入った。入った瞬間、彼が「ついてくるな」と言った意味がわかって、あわてて飛び出した。その日はヌード・クロッキーの日で、若い女性が裸体でアトリエの中央に立っていたのだ。

大丈夫ですよ、アトリエではしっかりしておられますから、と美術サロンの経営者のニシカワさんはそのとき、言ってくださった。それから一年。父の認知症の度合いは増している。しかし、いまもサロンに教えに行っているのだ。だんだん、椅子に座ったまま半睡状態になることが多くなっているらしいが、絵を習いに来ている生徒さんたちも、サロンの経営者のニシカワさんも、父のことをとても大切に思ってくれていて、死ぬまでやってもらいます、と言ってくれている。これが、父の生きるモチベーションをいまも維持してくれているのだとわたしは思う。感謝する以外にない。父は教師冥利につきる、というべきだろう。

弟もまた、父がトイレの便器の外側に糞便を落としてしまったとき、その後始末をした。彼は三年前に脳内出血で倒れて、いまも左手が不自由だが、リハビリの効果で仕事に復帰している。その弟がトイレの掃除をしているのを見て、父は言ったらしい。

「迷惑をかけるなあ。こんなことになっては、もう駄目だな。生きている価値がないな」

そんなことはいままで一度も言ったことがなかった。生きている価値がないなんて。そんなことはない。

そう言い出してから、父は鬱状態のようになって、ベッドに坐りきりになった。横にもならない。寝かせようとすると、「どうするのだったかな、寝方を忘れたよ」と言った。

衝撃が襲った。人間は寝る方法を忘れるということがあるのだ。しかし、寝ることを忘れる人類というのがあるのだろうか。

ベッドに坐ったままで一日中うつらうつらとしている。横になろうとしないのは、いつでもすぐにトイレに行けるようにするためらしい。坐り続けているので、両足が鬱血していた。わたしはその脚をマッサージした。

こんなことを父に喋った。わたしが香川県高松市の、ある小学校の音楽の授業に招待されて、見学に行ったときのことだ。五線譜を使わない、自由な音楽創作をさせる授業で、グループごとに物語を書かせ、その物語に即した絵を描かせ、その絵に自由な音楽をつける。小学一年生の子どもたちは打楽器を使ってのびのびと演奏していて、楽しそうだった。わたしを招待してくださった先生たちと夕食をともにしたとき、わたしに声をかけるか、美術家の森村泰昌氏に声をかけるか、どちらを招待しようかと最初、迷ったのです、と正直におっしゃった。わたしが招待されたのは、二年ほど前、NHKの「ようこそ先輩」という番組に出演したことがあって、その番組でわたしが卒業した小学校の後輩たちに、詩を教えたことがあったからだった。あの番組で、授業がうまくいかなくて困っておられたのがとてもよかった、と言われた。計画通りにうまく行く授業なんて、ほんとうじゃありませんから、と。面白い先生たちだった。

わたしは森村泰昌氏の名前が出たことに驚いた。森村氏はわたしの父が高校の美術教師をしていたときの教え子なのだ。そのことを伝えると、相手の先生たちも驚いておられた。森村氏は父のことをエッセイに書くことが多く、それによるとわたしの父はいつも茶色の系統の服を着ていたので、スズメの「チュンさん」というあだ名で呼ばれていたらしい。また、絵を教えるというよりも、生徒たちに自由に絵を描かせ、本人は黙って油絵具で汚れたアトリエの床を、毎日、掃除していたらしい。

わたしは父の脚をマッサージしながら、高松の小学校に行ったとき、モリムラ氏の名前が出たよ、と言った。それまで無表情だった父の顔が輝き、笑い顔になった。

「そうか。それはよかった。面白そうな授業じゃないか」

笑うというのは、とても大事なことだ。教師というのは認知症になっても、教え子の名前は覚えているのだ。

父の終焉記

四月二日、父が亡くなった。九十一歳と五ヵ月の生涯だった。病院のベッドで息を引き取る寸前、わたしは父の顔を両手で挟んで思わず叫んでいた。声が聞こえるなら、最後に聞いてほしかった。「ありがとう！」だけを何度も叫んだ。

それまで彼の髪を撫ぜ、喉仏を触り、耳を触っていた。もう二度とこんなふうに父に手を触れることはできないだろう。かつて赤ん坊だったわたしが父に抱っこされたとき、無意識に甘えて触っていたように父の身体を触っていた。酸素マスクを付けて、呼吸するためだけに全身のエネルギーを使っていた父に、もはや意識はなかった。

血圧と脈拍と血中の酸素濃度がつねに監視されていて、酸素濃度が九六から一〇〇の間は安心だが、ときおり八〇になり七〇になり、六〇へと下がる。臨終がいつ来てもおかしくない状態が四日間、続いた。弟夫妻と、弟の子どもたち、そしてわたしが、交代しながらたえず父の横にいた。担当医師から「今夜あたりが山場でしょう」と言われて四日、もったのだ。

苦しそうな呼吸音を聞き、ときおり痙攣する身体を見ながら、何度、わたしたちは麻薬を使ってでも苦痛を和らげてもらうことを望んだことか。こんな辛い死に際を迎えることを父は望んでいなかった。元気なとき、彼は「尊厳死協会」に入会し、末期が近づいたとき延命処置をとることを拒否し、麻薬を使ってでも苦痛を和らげてもらうことを望んで署名した書類をわたしたちに見せていた。そのことを担当医師に伝えても、「残念ですが」と言われ、希望はかなえてもらえなかった。

苦しげな呼吸音が徐々に弱まりだしたときが、体力の限界が来たときだった。それまで動かなかった両眼の瞳孔が、両手で父の顔を挟んでいるわたしのほうをじっと見つめた。口から二度ほど薄い血が流れた。その血を拭き取った。何も見えていなかったにしても、わたしは父の眼を見つめて叫んだのだった。弟はわたしの背後で「みんないるよ！」と何度も言った。別れはそんなふうにやってきた。

三月下旬、山小屋でツリーハウスの三段目のデッキの工事をした。トクさんと床屋のナカザワさんが、壁面用の羽目板を並べて、大きな団扇のような葉っぱの形を作った。クリの枯れ葉を模したものだ。葉の形はわたしが描いた。ところどころ虫が食った跡のように、わざと曲線を歪ませたりした。それを大小三枚作って、三段目のデッキの裏側に貼りつけた。ミノムシが枯れ葉を集めて巣を作る、下から見上げてもそんな雰囲気がすぐにわかるデザインにしよう、人工の木の葉っぱでデッキの裏側の骨組みを隠す、というのがトクさんのアイディアだった。

ツリーハウスのデッキは、床板を張りつけるとき、板の隙間を約二センチ取っている。デッキの床に隙間（スリット）があると、見た目にも軽く感じる。羽目板で作った団扇のような木の葉っぱも、羽目板をそれぞれくっつけないで、一枚ごとが葉脈のようになるよう、約二センチのスリットをあけ

３段目デッキ裏に「木の葉」を貼り付ける

て並べ、デッキの床板のスリット・デザインとの統一感を失わないようにした。

　そんな人工の木の葉っぱを、さまざまな方向に並べてデッキの裏側に貼りつけたのだ。こういう遊びのデザインは、多すぎると過剰な厭味になるし、少なすぎると中途半端になる。大小三枚ほど貼りつけると、クリの木にふさわしい動きが出てきた。まだ、もう少し葉っぱが必要だな。

「それにしても、枯れ葉を寄せ集めたイメージのツリーハウスなんて、世界中、どこにもないぜ」

と、トクさんは威張った。トクさんとナカザワさんがミノムシに見えてきたよ、とわたしは言って笑った。こういう作業をしているうちに、やがて三段目のデッキの上に載るハウスのイメージも見えてくるだろう。枯れ葉の上に載るハウスである。三段目のデッキは、下から見上げると、遊び心が満載。誰が見ても微笑んでしまうものになった。

「まあ、あんな上に木の葉っぱがくっついたのね」と、里の旅館の女将のタイコさんがアイリッシュ・フルートを手にしながらやってきて、楽しそうに言った。タイコさんは三段目のデッキに乗り、トクさんとナカザワさんを手伝って木の葉っぱの位置を調整したりした。それから、デッキの上でフルートの練習をした。人工の木の枯れ葉の上から、アイリッシュ音楽が流れてくる。

少し前、ナカザワさんはツリーハウスの二段目のデッキの裏側で、珍しいものを見つけていた。クリの木の細い枝に、小さな緑色の可愛らしいサナギがぶら下がっていたのだ。おそらく蛾のサナギだろう。紡錘形をしていて上部に二つの角があって、まるで小さなフクロウのような形だ。サナギは成長するにしたがって、薄緑色に変化した。その色も形も、いまはまだテラス状態のツリーハウスにマッチしている。

自然の造型力は凄い。まるで、わたしたちが三段目のデッキの上に作ろうとしているハウスのデザインを教えてくれているようだ。人間が頭で考えるものなど、たかが知れている。これと同じような形のハウスを作れたらなあ、と思うのだが、サナギのシャープな曲線を真似るのはとても難しい。しかし、デザインのヒントはこのサナギからいただくことにしよう。それにしても、やがてどんな種類の蛾が、このサナギから飛び立つのだろう。

三月三十日、三段目のデッキの裏側を枯れ葉の重なるデザインにしている最中、大阪の弟から、父が意識不明の危篤状態に入ったという電話がかかってきた。

三月中旬に、前立腺炎と急性腎不全の治療のために入院して二週間。まさか、こんなに早く緊急事態が起こるとは思ってもみなかった。山小屋はこの電話ですぐに閉館した。大急ぎでセキさんに運転してもらって車で東京に戻り、新幹線で大阪に向かった。わたしが車を運転していたら事故を起こしてしまったかもしれない。関越道を走りながら、わたしは終始、小さい頃からの父との想い出を反芻していたはずだ。しかし、それがどういうたぐいの想い出だったのか、何を考えていたのか、いまではさっぱり記憶にない。いよいよ来るべき時が来たという覚悟を固めるために、頭が空白になっていたのかもしれない。

あれはいつ頃のことだっただろう。父と一緒に、上野の都立美術館へ、父が所属していた美術団体、国画会の展覧会を見に行った帰りだったと思う。母はまだ生きていたが、長く病床にいた。父が一人で母の面倒を見ていた頃のことだ。上野の蕎麦屋に入った。父は無類の蕎麦好きだった。蕎麦を食べながら、父が言った。

「つい最近のことだ。夜寝ていたら、急に身体が冷たくなってね。そのうちに、広々とした暗い荒野を一人で歩いている夢を見たんだ。あれは不思議だった」

わたしは蕎麦を食べる手を止めて聞いた。

「それは死にかけたんじゃないの？」

「そうかもしれん」と、父はこともなげに言った。

「荒野を歩いていると、前方にいままで見たことのない美しい色の雲が渦のようになって浮かんでいるのが見えた。あんな色は見たことがなかった。色とりどりで、その色のどれもが素晴らしかった。忘れてはいけないと思って、必死にすべての色を記憶しておこうと思ったんだが、そのとたんに眼が醒めてしまったんだ」

画家としての父は、自分が死にかけたことよりも、いままで見たことのない色に出会ったことのほうが重要だったらしい。

「残念だった。もっと見ていたかった」と父は言った。

病室に入った瞬間、両眼を開き、口を開けたままで酸素マスクを付けて呼吸している父と出会った。その壮絶な苦悶の表情を初めて見たときは辛かったが、長く一緒にいる間に、だんだん慣れてきた。こんなとき、人間の脳はどこまで機能しているのだろう。末期の苦痛がここまで続くと、苦痛そのものを脳は遮断しているのではないか。そのうちに、父がかつてわたしに語った美しい色の雲をいま見ていてくれているのなら、どんなにいいだろう、と思ったりした。もしそうなら、今度はそこから戻らなくていいよ、と言ってあげたかった。

意識不明の末期の病人に、耳は聞こえているのだろうか。聞こえているはずだ、反応した、という話を、わたしは知人から聞いたことがある。そのときは、ほとんど死滅している脳の一部分の細胞が、かすかに生きていて反応したのだろうか。

父にその反応が起こった。一度目は、弟たちの家族が自宅に帰った直後のことだった。その夜はわたし一人が見守るつもりだったのだが、急速に血中酸素濃度が低下した。警報が鳴り、看護師が慌てて、いま帰られた家族のみなさんを呼び戻してください、と言った。電話連絡をして、彼らが戻ってくるのを待っている間、わたしは父の耳元で語り続けた。父の絵の教え子たちの名前を言い、小さい頃、その人たちと遊んでもらったことがどんなに楽しかったか。父が高校で絵の教師をしていたとき、毎年夏の美術部の合宿旅行に、幼いわたしたち兄弟も連れていってもらい、海で泳ぎ、太陽に焼けながら絵を描き続けたときのこと。部員たちのノルマは五十号の油絵を一日に五枚描くことという、体育会系のクラブ活動のようなハードな合宿だった。絵を描くのは体力だ、ということをそのときわたしは初めて知った。そんなこともあって、父の指導する美術部は高校油絵コンクールで、長期間にわたって全国一位の成績を取り続けた。

そんな話をしていると、みるみる酸素濃度が上がってきて、弟の家族が息せき切って病室に入ってきたときには、一〇〇近くの安全圏になっていた。あのとき、父の耳にわたしの声が聞こえていたのだろうか。

甥のジュンジと一緒に、病院の食堂へ行く寸前、彼が父の耳元で言った。「お祖父ちゃん、ちょっと昼飯を食べてくるからね」。そのとき、父の右足が、わかったと合図するように、上がった。あれはたしかに合図しているようだった。

わたしが父の喉仏を触ったり、睫毛を触ったりしていたとき。ふいに、父の顔に皺がほとんどないことに気がついた。首筋にも皺がない。もともと父は若く見られる顔つきだった。

「オヤジ、若々しいなあ、皺がないぜ」とわたしは言った。弟の嫁さんのケイコさんが笑いながら、「お兄さんより、お父さんのほうが若く見えますよ」と言った。そんな無茶なことはないよ、九十一歳が六十一歳より若く見えるなんて、それはひどいよ、とわたしが笑いながら大声で言ったとたん、父は突然、むせるような咳を何度もして、明らかに顔の筋肉が笑い顔を作るように動いたのだ。意識不明の父が笑った！　このときは驚いた。明らかな反応だった。

父が亡くなったあと、遺言通り、葬儀はなしにした。母が亡くなったときも父の意見でそうした。家族だけで通夜をして、出棺し、火葬場に送った。お坊さんも呼ばなかった。父は仏式の葬儀の読経が嫌いで、人間が死ぬことは喜ばしいことなのに、どうしてあんなに暗い歌しか唱えないのだ、と言って、母のときも無宗教で通した。父の場合も同じようにした。

ただ、わたしの好みで、父の通夜には音楽を流した。舘野泉氏が左手だけで弾くピアノ曲、ブラームス編曲バッハの「シャコンヌ」。遺体の横に長く座っていると、この曲がわたしの心を癒してくれた。父の高校の教え子のうち、晩年まで深いつきあいのあった二人の画家にだけ連絡をした。また、父は亡くなる一ヵ月前の三月六日まで、町の美術サロンで絵を教えていた。このサロンのオーナーのニシカワさんにも連絡をした。出棺も火葬場にも家族だけで、と伝えると、ニシカワさんは、せめてサロンの生徒さんたちと一緒に先生を見送らせてほしい、と言われた。葬儀会社には霊柩車ではなくワゴン車を頼み、その車が家から火葬場に向かう途中、父が最後まで美術教師として勤めた美術サロンのビルの前を通ることにした。

当日、父の棺とともに家を出て五分ほどすると、前方に美術サロンのビルが見えてきた。道路の脇に並んで二十名ほどの生徒さんたちが、静かに並んで待っていてくださった。父よりはむろん若いが、年輩の方々が多かった。かつての父の高校の教え子もこのなかにはおられて、定年後に再び絵を習いに来ておられたのだという。その人たちの姿が眼に入ったとき、思わず涙が出た。車を降りて「長くお世話になりました」と挨拶し、花束を受け取った。

父は生涯最後の生徒さんたちに見送られて、町をあとにしたのだった。

尖塔と出窓の魅力

四—五月

去年（二〇〇八年）の十二月に、ベルギーとの国境地帯、フランス北部にあるシャルルヴィル＝メジエールという小さな町に行った。詩人のアルチュール・ランボーが生まれ育った町だ。

中原中也が『ランボオ詩集』を出版したのは一九三七年のことだった。彼は生前、何度もフランスに行きたがっていたが、ついにかなうことはなかった。その中原のフランス語訳詩集（イヴ＝マリ・アリュー訳）が、フランスのフィリップ・ピキエ書店から二〇〇五年に出版された。「中原中也の会」という中原の詩を研究する人々や愛好者たちが集う会があって、全国に約四百人余りがいる。その人々の寄付金で、フランス語訳詩集が生まれたのだった。

フランスの一般人にとって、日本の詩人と言えば、知られているのは芭蕉だけである。えっ、ほんとうにそうなの？　と日本人は誰もが不思議がるのだが、フランスで若い日本文学研究者は増えてきているとしても、日本の近代詩や現代詩を知ろうとする人々はごく少数だ。日本の近代詩が一九三〇年代にどんなにフランス詩から影響を受けたか、そのことがその後の日本の詩の言葉にいかに強い作用をもたらしたか、ということをフランス人のほとんどが知らない。彼らにとっては、日本人がいまも書いている詩は、俳句なのである。ただし、フランス語では「H」を発音しないので、「アイク」と聞こえる。「俳人」は「アイジン」と聞こえる。

そんな国に、ランボーやヴェルレーヌに影響を受けて詩を書き、またランボーの訳詩集を出した七十年ほど前の一人の詩人を紹介する、そして彼の代わりに「中原中也の会」のメンバーでフランスに行こう、という企画が始まったのは、中原のフランス語訳詩集が出た翌年だった。本を出しただけでは駄目だ。中原の詩を直接、フランス人に紹介したい。そしてその反応を知りたい。

フランスと日本側の双方で実行委員会を作った。フランス在住のランボー研究家で詩人の上田眞木子さんは、わたしとは三十年来の知り合いで、彼女に現地のコーディネイトを頼んだ。上田さんが中心になってイベントのプログラムを作り上げた。上田さんは山小屋にも遊びに来たことがある。彼女の二人の子どもたちは、山小屋のネパール式ブランコに乗って、大はしゃぎだった。おまけに、彼女のお母さんの友人である清川敦子さんが、このイベントのために資金を援助してくださった。そんなことがあるのだろうか、と驚き感謝したのだったが、おかげで、どうしても実現しなければならないことになった。わたしはこの企画が始まったときから、「中原中也の会」の会長を引き受けさせられていたのである。

国際交流基金や山口市や中原中也記念館など、さまざまな人々の手助けと助成金を受けて、二年がかりの長い準備期間の後、わたしたちはパリの日本文化会館と、シャルルヴィル＝メジエール市の市立図書館ホールで、講演とシンポジウム、そして中原の詩を朗読し歌う、音楽コンサートを開いた。どちらも小さなホールだったが、会場は活気に沸き、盛況だった。

シャルルヴィル＝メジエールにあるランボー記念館は、かつての水車小屋だ。と言ってもムーズ川にまたがる煉瓦造りの三階建ての大きな建物で、ランボーが生きていた時代と少しも変わっていない。館長のアラン・トゥルヌ氏は、ランボー学者としても有名だが、こちらが持参した中原中也の『ランボオ詩集』初版本の表紙を見て、驚いたように言った。

「どうしてこの絵が一九三〇年代に日本に伝わったのだろう？」

表紙には、ヴェルレーヌが描いたランボー像、彼が煙草をふかして歩いている絵が印刷されているのだが、その絵の原画はランボー記念館に展示されている。小さなメモ用紙のようなものに描かれたペン画だ。トゥルヌ館長がふとつぶやいた言葉を聞いて、なるほど、ここまで日本というものが知られていないのだと思った。当時、シベリア鉄道を通じて、フランスのさまざまな文献が二、三週間で日本に届くようになっていた。船便ではなく鉄道便。日本の翻訳文化はそこから花開いた。そういうこともフランスからは見えないのだ。

まず、これが第一歩だ。これからゆっくりと、中原中也記念館とランボー記念館との間でも交流が始まるだろう。異文化との交流は、人間同士のつきあいからだ。情報の交換だけでは交流にはならない。一人が他の一人を知り、その風土を知ることから始まる。

シャルルヴィル＝メジエールという町は、近年、シャルルヴィルとメジエールの二つの町が合併したものだが、ランボーが生まれ育ったシャルルヴィルの中心地は、十七世紀初頭に造られている。その時代からの建物が町のいたるところに残っていて、フランスの地方都市のよさ、何もない静かなたたずまいが、歩いていると満喫できる。パリのような大都会と違って、住んでいる人々はみんな人なつっこい。散歩していると、急に目の前に車が止まって、運転していた婦人が窓をあけてわたしに言った。「夕べのイベントはとても楽しかったわ。ありがとう！」そう言って車で去っていく。

ランボーが通ったシャルルヴィル高等中学校の建物も、一九五四年のランボー生誕百周年の折りに保存修復されて、そのまま残っていた。わたしたちがイベントを行った市立図書館ホールは、この高等中学校の図書館を改造したものだった。

山小屋でツリーハウスを作り出してから、わたしはどこに行っても屋根や出窓のデザインに目を向ける習慣ができた。十七世紀から十八世紀のフランスの建物の屋根は、「マンサード屋根」と呼ばれ、四方寄棟の形状で、上部の傾斜が緩く下部が急勾配になっているものが多い。この下部に採光用の出窓が造られる。屋根裏部屋を利用するためだ。出窓のデザインは時代が経つに連れて華やかになる。わたしは町のいたるところで、屋根と出窓の写真ばかりを撮った。ツリーハウスの採光用の出窓のヒントがほしかったのだ。

市立図書館ホールの隣に、左右に二つの尖塔がそびえるゴシック様式の豪壮な教会があった。メジエール聖母大寺院で、ランボーが高等中学校に通っていた時期には、この寺院に神学校が併設されていた。彼はここの神学生たちを嫌った。教会に石を投げたりしたらしい。

わたしはこの教会を初めて見て、その尖塔のデザインに目を見張った。尖塔は約八十度の急勾配の八角錐の屋根を持ち、その周囲を取り囲むように、これも同じ勾配を持った四角錐の屋根が四つある。八角錐の屋根には、東西南北の四方向に、上部に小さな出窓、下部に大きな出窓が取り付けられている。切妻式の出窓で、まるで音楽のように美しいデザインだ。これらの屋根が一セットになって、左右二つの煉瓦の塔の上に載っている。

ゴシック様式の建物というのは、これほどまで天に向かって垂直に立ち上がろうとしたのか、と感嘆させられる。尖塔部分は木造である。屋根には銅板が葺かれている。日本の木造建築でこんな槍のようなデザインの建物はない。たぶん、ランボーは幼いころから見慣れていて、この尖塔に目を見張ったことはなかっただろう。彼が詩のなかで描いているのは、村の教会の内部の石畳の床にへばりつく蠅や、信者たちが柱に擦りつける垢、古びたステンドグラスなどだ。キリスト教徒として異端であった彼は、あくまでも建物の内部を描いた。しかもグロテスクな描写がうまい。

わたしは旅から戻って、さっそく山小屋のアリスジャム掲示板に、この教会の尖塔の写真をアップした。ツリーハウスの棟梁トクさんが、いい写真だ、美しいなあ、と反応した。

四月中旬になって、トクさんから連続したFAXが届いた。ツリーハウスのハウス部分のデザインだ。不等辺八角形の尖塔形式のハウス。屋根からクリの枝が突き出ている。出窓があり、「屋根はもっととんがらすことができます」と書かれていた。面白いデザインだった。わたしはすぐに電話をして、これでいこう、こんなツリーハウスは見たことがないよ、と言った。

「模型を作ってよ」

「不等辺八角形の建物の模型を作れればプロです。駄目。図面も難しい。現場で見当をつけてやる以外にないな」

しかし、わたしは模型を作ってからやろう、と言った。トクさんならできるはずだと思ったのだ。

五月のゴールデンウィークには、山小屋に大勢の人々が集まった。東京からヨコヤマさん夫妻とイ

尖塔形式のツリーハウス模型

ナミさんの草木染めチーム。そしてひさしぶりにアジャール君とキョッキー夫妻がやってきた。フランスとドイツでの七年九ヵ月の滞在を終えたエンジニアの佐藤憲一郎、通称ケンちゃんがギターを抱えてやってきた。フラメンコ・ギターを得意とする彼はフランス滞在中にスペインに通ってギターを習い、かつて日本にいたときとは違う流麗な音色を奏でるようになっていた。ケンちゃんの大学時代の恩師である科学者のトヨオカ先生も、ギターを抱えてやってきた。VOICE SPACE の盲目の箏曲家サワムラ・ユウジ君は、大学を卒業していまはフリーで活躍している。その彼が三味線を抱えて、ご両親とお姉さん、甥や姪を連れて八人でやってきた。

トクさんが、夕方、旧館の窓をあけて顔を出した。これが模型だよ、と言って、机の上に小さな尖塔形式のオブジェを置いた。さすがトクさんである。苦心惨憺して、ベニヤ板と細い木でハウスの模型を作ってくれたのだ。何枚もの紙を継ぎ接ぎして作った平面図もあった。三日からやるからね、翌日は田植えをやんなきゃなんねえから、と言って、トクさんは息子のユウヤ君と一緒に、材料を運び上げた。

五月三日、焚き火コーナーでは草木染め。書斎前のベランダではケンちゃんとトヨオカ先生のギターの演奏。サワムラ・ユウジ君の甥や姪たちはブランコ遊びと松ぼっくり拾い、というふうに地上がにぎやかな中で、トクさんと床屋のナカザワさんとわたしの三人は、トクさんが作ってきた小さな模型をツリーハウス三段目のデッキの上に置いて、頭を抱えていた。壁面の位置を決めるのに手間取ったのだ。図面通りに床に線を引こうとしても、クリの枝が上空で微妙にねじれて内側に膨らんでいるのがわかり、位置をずらさざるをえない。すると他の壁面の長さがあわなくなる。壁面は厚さ一二ミリの合板を使い、クリの木の枝を避けて切られているのだが、しかたがない、現場に合わせて壁面の角度も位置も変更する以外になかった。だいたいでいいんだよ、だいたいで、と三人で言いあった。

屋根の垂木を立ち上げた。垂木となる角材の長さは四メートル。最初の計画では三・五メートルの長さで交差させて八角錐の形状にする予定だったのだが、できるだけ急勾配にしようということになって、四メートルいっぱいの長さで交差させた。トクさんが脚立に乗って、ドリル片手で二本の垂木を組み合わせ、三角にとんがった頂点をビスで止める。風が吹くと三段目のデッキは揺れる。いままでそんなことはなかったのに壁を立ち上げたおかげで重くなったのだ。脚立をしっかり押さえておいてよ、危ないんだよ！　とトクさんが初めて怖がった。地上からはゆうに十数メートルの高さなのだ。垂木を四本組み合わせたところで角度を測ると、どの垂木も約七十四度になっていた。これで、やや

次ページ・ツリーハウスの屋根の垂木と壁を立ち上げる

メジエール聖母大寺院の尖塔の形に似てきた。

ところで、誰がこの屋根を葺くの？　とナカザワさんが言った。そんな怖いこと考えたくないな、とトクさんが答えた。わたしも考えたくない。山小屋の新館、旧館、書斎の屋根はすべて、杉板を使ったトントン葺きである。これらは山小屋メンバー全員で釘を打ちつけて葺いた。そのときの残りの杉板が大量に余っているので、ツリーハウスの屋根もトントン葺きにすることにしている。杉板を小さくウロコ状に切って、下から順番に重ね打ちしていくのだ。この作業を丁寧にやればやるほど、年月が経つと味が出るはずだ。そのためには脚立では無理。たぶん、クリの木の周囲に足場を組まないと危ないだろう。足場を組んで危険度をなくしてから、子どもたちにもトントン葺きに参加してもらおう。

尖塔の先端には、やがてもうひとつ屋根を作りたい。スコットランドのウイスキー蒸留所にあるキルン（乾燥塔）のような形状にしたいのだ。開口部には、羽根板状のルーバー窓を入れる。夜になるとそこから周囲に光が漏れ、大きなランタンのようにも、灯台のようにもなるだろう。夢はふくらむ。

ユウジ君が草木染めチームの横で三味線を弾き始めた。五月の山は桜が満開だ。三味線の音色とともに染められた草木染めの毛糸と布。今年の春の色は、フキノトウで染めた深緑色と山ブドウの蔓で染めた黄色である。

花の妖しさ、人形の妖しさ

ウグイスの鳴き声が山のあちこちから聞こえるようになった。朝から夕方まで鳴き続けている。ウグイスの鳴きまねをする鳥がいるそうで、「あ、いま鳴いたのはウグイスではなくて、カケスです」と、ユウジ君が山の上のほうを向いて教えてくれたことがあった。盲目の箏弾きである彼は、今年からVOICE SPACEの代表になっている。

彼と一緒に山小屋の芝生に立っていると、まわりから聞こえてくる音に敏感になる。しかし、「カケス」が「ホーホケキョ」と鳴いても、それがウグイスとどう違うのか、わたしにはさっぱりわからない。

今年のウグイスたちは初鳴きの時期から、鳴き方がうまい。親鳥から鳴き方を教わるらしいが、徐々にうまくなるのではなく、最初からうまいウグイスの子もいるのだろうか。「ホーホケキョ」と鳴くときは、縄張りを主張しているときだ。優れた鳴き方をするウグイスほど、この声が力強い。

中国に行くと、公園の樹木や大通りの街路樹の枝に、大きな鳥籠がいくつもぶら下がっている風景に出会うことがよくある。鳥籠の中で、鳥たちは互いに鳴き声を競っている。その下では、たいてい老人たちが集まって蓋付きの碗でお茶を飲んでいるか、将棋を指している。優雅なものだ。滔々たる中国の文化だ、と思っていたのだが、鳥籠を持って街を歩いている人間は遊び人だから近づかないように、と上海出身の友人が教えてくれたことがあった。彼らが鳥を飼うのは博打をするのと同じなんだ、とも彼は言ったのだが、よく鳴く鳥は驚くほど高額で取引されるらしい。そういう目的もあるからだろうか、北京や上海の街角の木の枝に吊り下げられている鳥籠は、実に美しくて大きく、繊細なデザインのものが多い。

「モズ」も「メジロ」もウグイスの鳴きまねをするというから、ウグイスばかりが山のあちこちで鳴いているのではないかもしれない。山はにぎやかになった。

ツリーハウスのあるクリの大木も新緑に包まれだした。十二本もボルトを打ち込んで三段のデッキを止めてあるのに、そんなことをものともせず、上空に深々とした緑の傘を作っている。ほんとうに大丈夫だろうか、と雪に包まれた冬の間、秘かに不安に思っていたのだが、クリは元気だ。

クリが緑に覆われ始めると、三段目のデッキの上に作りかけの「家」も（いまはまだ、垂木を組み合わせた尖塔形式の骨組みしかできていないが）、下から見上げると様子が変わって見える。緑の葉の光を入れるために、屋根を透明なガラスにしたくなる。もちろん冬の雪には耐えられないだろうが。

長野県の安曇野に、小説家の丸山健二氏が住んでいるということを知ったのは、氏が庭作りに恐ろしいほどの情熱を注いでいることを示した写真集『安曇野の白い庭』（新潮社、二〇〇〇）や『夕庭』（朝日新聞社、二〇〇二）を読んでからだった。

二〇〇三年六月に山小屋メンバーと一緒に初めて庭を見学させていただいたとき、三百五十坪ほどの庭に白いバラが無数に咲き誇り、庭の通路として敷かれた石のまわりに、ルリトラノオが細い炎のような紫色の花を、幾本も空に向けて咲かせているさまを見て、声もなく圧倒された。この大量の白い花と心細いまでに少量の紫の花の配置は絶妙だった。その年は八月にも伺った。わたしの弟夫婦や父も一緒だった。わたしたちは夏の芍薬の大きな白い花が無数に風にそよぐ様子を見て、無言で立ち尽くすばかりだった。美しい花を見て、人間は何を語れるというのだろう。

そのとき、丸山さんが撮影した花の写真をたくさん見せていただいた。プロの写真家が撮るものより、迫力があると思わせる写真ばかりで、それらは『ひもとく花』（新潮社、二〇〇三）という、写真と文章で組み合わさった本に収められている。そこにはこんなことが書かれている。

「言葉の表現に対して一方的に終止符を打ってくる美が実在する。服従させる強制力でもってそうするわけではないのだが、その威圧感たるや凄まじく、小説家である私はいっぺんに消え失せ、無口な作庭家が佇んでいるだけ」

丸山さんは庭を手入れするとき、自分を小説家だと考えていない。作庭家に徹している。

作庭家と言葉。あるいは、作庭家が花や樹木と対決しながら、問わず語りに、植物に向けて語る言葉。根を掘るとき、水をやるとき、花や枝を剪定するとき。あるいは育てた花が開くとき。

それらの言葉は、原稿用紙の枡目を埋めているときや、パソコンの画面を見ながら思い浮かぶ言葉とはあきらかに異なる。また、人間に向けて語る言葉でもない。そこには全身をこめて植物と対決したうえでないと生まれることのない、シンプルで迫力のある言葉が浮かび上がる。

花のどこが美しいのか、どこに眼をとめて育てているのか、何を見るのか。そこには作庭家と、彼によって育てられた植物でないと、通じ合わない言葉があるのかもしれない。

花には、言葉の表現では到達できない美がある。花のほうが一方的に、言葉の限界を教えてくる。人間に対して花がそのことを強制しているわけではないが、その威圧感たるや凄まじい。そこで人間は無口になる。その無口の中に小説家や言葉の表現者はいない。ただ、作庭家がいるだけ、と丸山健二は言うのだ。

丸山邸の庭を見学するときは、丸山さんからセキさんに、いまはどの花が見頃だ、という連絡が来る。ちょうど山小屋に滞在しているときだと、そこにいるメンバーは全員、浮足立つ。見たい！ ただ、それだけだ。行くたびに庭の表情がガラッと変わっている。丸山さんの庭は、戦闘的で、攻撃的で、すみずみまで手が入れられている。ルリトラノオがそうであるように、野草のような小さな花のひとつにも、隙がないのだ。

『ひもとく花』の中に、クレマチスの赤い花にしがみついたアマガエルの写真が載っている。その写真に付された、アマガエルの言葉に擬した丸山さんの言葉。

「自分がこの花を選んだ訳は、捕食のためでも、自己防衛のためでもない。損得抜きってところかな」

たった五日間咲く花のために、一年間庭の世話をするというのが作庭家の本領だ、ということを、わたしは丸山さんから教わった。

今年の六月のある日、丸山さんの庭を見学する機会が訪れた。水田に囲まれた平野の真ん中に、樹木に囲まれて白い館が建っている。もともとは丸山さんの祖父がこの地にリンゴ畑を持っていて、それを譲り受けた土地だそうだ。リンゴ畑だったから、この土地は水捌けがよい。ということは保水状態が悪いということでもあって、そういう土地に草花を育てるというのは、土の改良から始めなくてはならなかったらしい。

しかも、最初は庭など作る気はなくて、家のまわりが田んぼに囲まれているので、一年中、家が風に吹きさらされる、ということから、周囲に防風用の樹木を植え始めたのがきっかけだったという。二〇〇三年に初めて庭を訪ねたとき、初期に植えられた防風用のカイヅカイブキが庭の周囲を取り囲み、しかも七メートルほどの高さの木の先端だけが丸く刈り込まれた、独特の風景を形づくっていた。水田の真ん中に、実に抽象的なシルエットが浮かび上がっていたのだ。

わたしはその光景が好きだったのだが、翌年訪ねたときは、みごとにすべて伐採されていた。あんな人工的な木には耐えられなくなった、と丸山さんは言った。ふーん。丸山さんの中では、庭はデザインではないのだ。この攻撃的な庭作りに、わたしは訪ねるたびに、背筋が正される思いがする。

今年は、イタヤカエデの幹にピンク色のツルバラが巻きつかされていた。あるいは赤いバラがびっしりと樹木の上空まで巻きつき、その葉の繁みの中に、鳥の巣があった。人間の手が届くか届かないかというほどの高さで、鳥もずいぶん気を許したものだ。モズの巣だと丸山さんは言った。他のところにはキジバトの巣もあるという。

「鳥はじっと人間の様子を見ているんだ。あれは平安貴族と一緒だね」

平安貴族？　いきなり、こんな言葉が出てくるのが丸山調というべきか。丸山さんは頭をきれいに剃っていて、いつも黒づくめの服を着ている。そんなスタイルで現代日本人を罵倒する言葉が次々出てくる。

鳥は自然そのものの時間のなかを生きていて、自然を深くじっと見守る。いま庭を作っている人間が何をしているか、自分たちに危害を加えないかを観察していて、大丈夫だと思ったら平気で低いところにも巣を作る。

いまの日本人はそういう時間を持っていないから、すぐに自然をナルシスティックに見てしまうが、平安時代の貴族たちは現代の鳥たちと同じで、時間がありあまっていたから、自然の奥深くまで読み込む術を持っていた。だから、彼らの文学にはナルシシズムがない。誤魔化しがないんだ。

わたしはその話を聞きながら、ふいに人形のことを思い出していた。去年までわたしは毎月、日本のさまざまな人形と出会う旅をしていた。十八ヵ月の雑誌連載を終えて、つい最近、『人形記――日本人の遠い夢』（淡交社、二〇〇九）という本にまとめたのだが、この仕事をしていたとき、人形というものの妖しさにとりつかれてしまった。人形は美しいだけではない。顔にも手にも足にも、じっと長く見ていると、そしてできるだけ近づいてアップにして見ると、謎めいた妖しさがふつふつとたぎってくる。土偶や埴輪から伝統人形、現代の創作人形にいたるまで、優れた人形はそれを見ている人間に時間の感覚を忘れさせてくれる魔力を持っている。というよりも、古い人形ほど、その人形を作るのに費やされた時間の長さを感じさせてくれるのであって、それがたとえ、現代の人形が同じ時間で作られていても、そもそも時間の尺度そのものが違うように思わせられるのだ。しかも人形は、彫刻のように永遠に残るということを求めて作られていない。いつかは壊れる。そういう宿命のなかに込められる造型美がある。それは限りなく魅力的で、妖しいのである。

花も人形と同じだ。どんな花でも近づいてアップにして見ればいい。なんという時間の魔力。妖しさがそこにあることか。美しいなどという言葉が砕けてしまうような、動物と植物の違いなど関係のない、獰猛とも言える吸い込まれるような妖しさが、花弁と花芯を眺めていると襲ってくる。しかも、花も人形と同じように永遠の時間を求めていない。

そういう花を育てるためには、作庭家は毎日、戦闘状態でいなければならないらしい。丸山さんは小説を書くのは一日二時間だけだと言った。あとは午前も午後も庭作りに専念している。

イングリッシュローズ、オールドローズ、モダンローズなどの白いバラの花が咲き乱れる庭は、いつも一定の高さでバラの木が剪定されていて、その一株ごとの間に、日々、丸山さんが歩いて水をやり、追肥をしていることを示すように、足で踏み固めた跡がある。剪定をしないとバラはすぐに伸び放題に伸び、風通しが悪くなると、一挙に病気が蔓延するのだという。

庭の隅に、毒々しいほどに真っ赤なポピーの花が咲いていた。そこに太陽の光があたり、見つめていると陶然たる気分になる。花芯には、真っ黒な雌蕊と雄蕊。虫になってこの花の中に入り込みたいと思わせられる。写真集『小説家の庭』（朝日新聞社、二〇〇六）にこんな言葉がある。

「夢の実現を先に延ばそうとするような／粗雑な結果に終わることを恐れるような／そんな引っ込み思案な花々は何処においてもみあたらない」

玄関に面白い札が掲げられていた。「庭は非公開です。どなたの面会にも応じません。覗き見、無断駐車もやめて下さい」

こういう札を掲げておかないと、とんでもないことになるんだよ、と丸山さんは言った。いつのまにか知らないおばちゃんたちが平気で庭の中に入ってきて、気に入った花を切っていくのだという。他人の庭であろうと、勝手に侵入しても、花泥棒は罪にならないとでも思っているらしい。不法侵入だから出て行け、と言って怒ると、相手は携帯電話で警察を呼んだ。えっ、どちらが呼んだのですか？　とわたしは聞き返したのだが、おばちゃんたちが呼んだのですよ、と丸山さんは笑った。本末転倒ものであって、さすがにやってきた警察官も、あなたたちが悪いとおばちゃんたちを外に出したのだという。花というのは普通の人にこんな異常な感覚をもたらしてしまうほどに、妖しい存在なのである。

丸山さんから、別の季節にもまたどうぞと誘われた。さまざまな特殊なツツジが揃っているらしい。まだ咲かない花が呼んでいる気がした。

大きなネズミたち

六月末から七月初旬にかけて、日本列島は急速に暑くなった。「ただいま光化学スモッグ注意報が発令されました。戸外には出ないようにしましょう」という町内に響きわたるスピーカーの声が聞こえてくる。わたしの住んでいる大田区では、町のいたるところにスピーカーが設置されていて、コンピュータで合成されたような女性の声が、機械的に単語を区切りながら、こういう注意報を流す。いますぐにでも山小屋に行きたい、と思う。山の風に吹かれたい。しかし、行こうとしても行けないことになった。運転免許証が失効してしまったのだ。

なんともはや馬鹿らしいことなのだが、わたしはこの六月まで、今年が平成二十年だと思い込んでいたのである。今年になってから、和暦を必要とする機会が一度もなかった。何かの書類を書くとき、いつでも西暦ですんでいた。ところが、六月中旬、パスポートの更新手続きに行ったとき、必要事項を書類に記入していて、はたと、今年は平成二十一年なのだ、ということに気づいたのだった。

その瞬間、ひょっとして、と運転免許証をポケットから取り出して確認した。今年の十一月までに免許証の更新をすればいいと思っていたのだが、まさか！　そのまさか、だった。免許証には大きく

「平成二十年十一月二十日まで有効」という文字があった。ありゃあ〜。どうして運転免許証には和暦と西暦とを併記していないのだろう！　怒ってもしかたがない。失効して六ヵ月を越えているのだ。唖然とした。ということは、この間、わたしは無免許運転をしていたことになる。よくつかまらなかったものだ。

インターネットで失効後の手続きを調べると、失効して六ヵ月以内なら免許証は復元可能だが、六ヵ月以上一年未満の場合は仮免許証を交付する、とある。そして、学科試験と技能試験を受けないと本免許証は交付されない、というのだ。気がつくのがあと一ヵ月ほど早かったら大丈夫だったのに。うんざりした。また、運転教習所に通わねばならないのか。教習料も時間も無駄だ。なんという人生であるのか、どこかで生き方を間違えたのではないか、とまでは思わなかったが、気分が滅入った。

山小屋でのツリーハウス建設作業は、ここのところ休止状態に入っている。棟梁のトクさんが農繁期に入って、畑仕事の時間があいたときには、床屋のナカザワさんの家の庭にベランダを作るということになった。ナカザワさんは自宅にもツリーハウスに似たものをほしくなったらしい。目下、二人で山小屋の工具を使ってベランダ作りに精を出している。おそらくツリーハウス作りのノウハウが役に立っているのだろう。ツリーハウス作りは無駄な遊びだと思っていたが、無駄なことは何もないのである。ときどき、ナカザワさんから楽しそうなベランダ作りの便りが届くようになった。

わたしは運転教習所に通い続けることになった。学科十九単位、技能十六単位を取り、そのあと路上での卒業検定があって、それに合格すると、鮫洲の運転免許センターで学科試験を受ける。三十年前に教習所に通っていたときと違って、学科の内容も技能の内容も、何もかもが変わっていることに驚いた。かつてなかった項目が増えている。学科では「危険予測」や「応急処置」という項目ができている。実際の運転の際に、もっとも重要なのは他車の動きの危険度を予測することで、交通法規を守らない車の動きを予測して、どのように自車を安全に操るか、という項目は講習を受けていてもスリリングで面白かった。これは初心者よりも経験者のほうが身体でわかる。シミュレーターでハンドルを握って、スクリーン上の路上を模擬走行する講習では、道路が雪道、砂、乾燥したアスファルトと雨に濡れたアスファルトでは、急ブレーキを踏んだとき、どのように車が動き、椅子が振動し、停止距離が違うかを体験できるようになっている。「応急処置」の項目は、交通事故に出会ったとき、救急車が到着するまでの間、その被害者に人工呼吸を施す訓練である。そして三角巾の使い方などの実技も課される。なるほど。これも実際的で、よく考えられている。

かつては、講習の際に見せられた交通違反例のビデオ映像が退屈で、たいてい居眠りしていたのだが、いまはＤＶＤ映像で出演者の演技も演出もよく工夫されている。臨場感があって、撮影技術が上がったと、秘かに感心した。それにしても、学科試験の文章問題を読んでいると、日本語の文脈がどうなっているのか、頭をひねってしまうことが多い。受験者をひっかけるためだけに作成されているのだ。何をひっかけようとしているのかを練習して覚える以外にないようになっている。問題を作る側の人間になって考えてみると、なるほど、奇抜な問題は出せないので、癖のある練習問題を何度もやったかどうかを試す以外にないのだろう。まあ、ゲームのようなものだ、とこちらも態勢を立て直し、曖昧に理解していた交通法規や、忘れていた交通標識を覚え直したりするのは、それなりに新鮮だった。

路上での運転で、助手席に座ったインストラクターのほとんどはわたしより若い。わたしの運転技術を見て、初心者ではないということはすぐ伝わる。すると「うっかりミスですか？」と、まず聞いてくる。「多いんですよね。うちの教習所にも、失効の人がいま十数人来ておられます」

わたしのように今年の年号を間違えたという人は少ないだろうが、うっかりと失効してしまった人は多いのだ。インストラクターはわたしの技術に安心するのか、運転中、雑談している時間が多かった。「最近の若い人たちはね、ほんとうに何も知らないんですよ。こんなことを言っちゃいけないのですが、われわれのときはこっそり友達の車を借りて、無免許で路上練習をしてから教習所に来たものでしょう。でも、いまの若い人たちはそれをしないんですよ。いや、そのほうが正しいんですがね。まったく正しいんですがね。それにしても、車のことを何も知らないんだから」。こんなことを漏らす同世代のインストラクターもいた。

長年、車に乗っていると自己流の運転になって、知らないうちに交通ルールの基本ミスを犯していることが多い。わたしの場合は、路上駐車の車の横を追い越すとき、車間距離を短く詰めすぎるという癖があった。車幅の感覚が優れているから大丈夫と思っていたのだが、これは修正された。車の横を通りすぎるたびに、インストラクターがわたしのハンドルに手を添えて直したのだった。

一ヵ月経って、無事に運転免許センターで本免許を交付されたときは、ひさしぶりに出会った初心者用の緑色の帯の入った免許証をまじまじと見つめた。若返ったような気がする。しかし、今後一年間は車に「若葉マーク」を前後に貼って運転しなければならない。いっそのこと、高齢者用の「枯れ葉マーク」を貼ってやろうか、と言ったら、インストラクターから、あれは「紅葉マーク」と言うんです、と訂正された。

わたしが和暦の年号を間違えていた、という話を聞いた山小屋メンバーは口々に、もはやシジンは認知症になったとはやし立て、うちの祖母よりもましだからなどと励ましてくれる人もいたのだが、それが口惜しくて、最近は会う人ごとに「今年は平成何年？」と聞く癖がついた。あるパーティで、「今年が平成二十年だと思い込んでいて、失敗したんだ」と装幀家の間村俊一氏に話をしたら、「あほやなあ」と関西弁で笑い、「今年は平成十九年やないですか」と言った。二〇〇九年の「九」と一緒になったらしい。近くでその話を聞いていた歌人の俵万智さんが「上には上があるんですね」と呆れてつぶやいた。

つい最近まで、八年近くフランスとドイツに住んでいたエンジニアのケンちゃんは、ヨーロッパでは一度運転免許証を取ると、一生、更新する必要はないということを教えてくれた。その場合、顔写真はどうなるのだろう。二十代に撮った顔写真が六十代になっても通用するのだろうか。通用するらしい。ヨーロッパの人間は若くして禿げている人も多いし、顔の彫りが深いから年をとってもそんなに顔は変わらないのだ、というのがケンちゃんの意見だったが、さあ、ほんとうはどうだろう。ともあれ、運転免許証が三年から五年の期間で更新という短いサイクルは、日本独特の制度のようだ。

七月に入って、トクさんが山小屋のアリスジャム掲示板にこんなことを書いた。

「農作業に追われ、ナカザワ宅のベランダ工事に追われ、ツリーハウスは未だ、屋根貼り工事に入れなかった状態。やりまっせ。材料調達済み。昨日、現場確認完了済み。ついでに女鹿渕スキー場の花摘みしました。もひとつついでに、ラガブーリン十六年、下より一五センチの残量ボトル、飲みたい一心で頂いた。バーテン許されたし。このつけ、今度返す。ムッ、待てよ。我が業界に「今度」と「化け物」、出たこと無いとよく言うよなー。山小屋、はよう来ないと、酒無くなりまっせ」

この日、トクさんは一人で山小屋に来て、ツリーハウスの現場確認をしたらしい。屋根に何を貼るか、銅板にも未練があって、その見積もりをわたしは神戸の友人に頼んだりしていたのだが、高価なので結局、杉板のトントン葺きにする、という当初の案に戻った。その屋根貼り工事に入る、というのだ。ついでにスキー場で「花摘み」をしたというのは、村の鎌原地区にあるギャラリーに野草を飾るためである。このギャラリーはトクさんの勤めている会社が経営していて、そこに穂高の木工家具師オオタケ・オサムさんの作品と、草木染めのヨコヤマ・ヒロコさんの作品が展示されることになった。二人とも山小屋メンバーで企画もトクさんだから、山小屋の文化が徐々に地域に広がりだしたのだ。オサムさんはテーブルや椅子の他に木製の押し花器も展示している。これは以前わたしもいただいたものだが、まるでグーテンベルクの印刷機の小型のようなデザインで、採取した植物を幾枚も重ねたダンボール片に挟み込み、さらにそのダンボール片を二枚の木板の間に挟み、木製のハンドル付きの大きな螺子を回して締めつける仕組みになっている。夏休みに軽井沢に来た子どもたちは、これを見ると喜ぶに違いない。この土地の草木で染めたヒロコさんの布や毛糸も、避暑客たちに喜ばれるだろう。このギャラリーに、山小屋周辺の野草を大きな壺に入れて飾るために、トクさんは「花摘み」をしたのだった。

ところで、トクさんが山小屋からアイラ島のシングルモルト「ラガブーリン十六年」のボトルを持って帰ったとあり、しかも「飲みたい一心で」などと、子どものような言い訳をしているのは、飲んべえの本領発揮である。ボトルの底から一五センチ残ったものを持って帰ったというが、それは半分も！　残っているということだ。「バーテン」とはわたしのことで、焚き火のまわりを山小屋バーと称し、わたしはそこでは、シングルモルトを供給する「山小屋バーテン」なのだ。

トクさんがネズミのようにシングルモルトのボトルを齧っていったことに笑っていたら、「ありゃりゃ〜、あんたもかい」と題して、ナカザワさんが書いてきた。

「実はオイラも飲み残しの酒を頂いてきました。でもこちらはスグリのジャムに入れるためですからね。山崎の十二年と同じく山崎蒸留所樽出原酒十年、The Golden Cask、それに少しだけ味見に、泡盛の古酒を頂きました。皆、ボトル三分の一から四分の一位の物ですから……（汗）。一途後悔士の御指導で出来上がったデッキで毎晩少しだけ楽しませて頂いております。このお返しは誰かさん同様に体でさせて頂きますのでよろしく！」

ナカザワさんの奥さんのヒロコさんは、つい先日、レッドカラント（ふさすぐり）を煮て、大量のジャムを作った。山小屋のジャム・シーズンが到来したのだ。ジャムの隠し味としてシングルモルトを入れるのが山小屋風で、そのために山崎十二年などを利用したらしい。「The Golden Cask」はウイスキー鑑定家のジョン・マクドーガルが樽を選別してボトリングしたもので、山小屋にあるのは「マッカラン十六年」だ。

しかしまあ、なんということだ。一ヵ月山小屋に行かない間に、大きなネズミが二匹も出て、シングルモルトをボトルごと齧ったのであった。「一途後悔士」というのはトクさんのことで、彼のハンドルネームは最初「一等航海士」だったのだが、一度ツリーハウスの三段目のデッキのデザインがみんなに不評で作り替えたときから、「一途後悔士」に名前が変わったのだ。

わたしたちのツリーハウス作りは、毎回、工事が終わった後の酒宴で盛り上がる。だから山小屋バーテンとしてはたえずボトルを欠かさないようにしている。山小屋の大きなネズミたちと飲むためである。それにしても、ツリーハウス作りは工事の休止中もシングルモルトという細い糸でつながっているらしい。

スズメバチの襲撃

六月から七月にかけての山は、もっともエネルギーが満ちて獰猛になる季節だ。樹木の緑がどんどん濃くなる。草も動物も鳥や虫たちも、いっせいに夏に向けて走り出す。夏は生きものが繁茂し繁殖する時期だ。油断していると人間の領分がなくなる。樹木は枝を伸ばし葉を繁らせ、草は領地を増やし、クマやイノシシ、タヌキが餌を求めて歩き回り、ヤマネズミや鳥が巣を作り、虫たちが飛ぶ。ヤマネズミや鳥は、うっかりしていると山小屋の窓辺に巣を作るので油断がならない。

それは毎年のことなので、初夏の山小屋は頻繁にオープンすることにしていた。しかし、今年はこの時期に一ヵ月以上山小屋を閉ざしていた。それがわたしたちにひとつの事件を呼び込んだ。

七月下旬、霧の多い峠を越えてわたしたちが山小屋にたどり着いたのは、午後五時過ぎだった。いつもなら深夜に到着するのだが、明るいうちに着いて温泉に入ろうということで、東京からの出発を早くしたのだった。これが後に幸いするのだが、とにかく、わたしはひさしぶりに山小屋の風景を眺めてホッとしていた。車から降りて、荷物を書斎まで運び上げているときだった。いきなり右手の甲に抉られるような痛みが走った。スズメバチだった。荷物を置いて、転げるようにそのまま隣地の芝生の庭まで逃げた。ハチはそこまでは追ってこなかった。

「ハチにやられた！」というわたしの声を聞いて、まだ車の中にいたセキさんとナカムラさんは、キンカンを早く塗って、と叫んだ。書斎に常備しているキンカンを右手の薬指の下の甲に滴らせた。みるみるうちに手の甲が膨れ上がるのがわかる。しびれるようだった。キンカンを塗った皮膚の周辺が白くなった。しかし、痛みはそれ以上続かず、たいしたことはない、と判断した。

ナカムラさんが心配しながら山の階段を上ってきた。彼女が旧館の扉を開け、二階に上って雨戸を開けようとしたときだった。キャーッ！　という叫び声が聞こえてきた。いきなり旧館の扉から転げるようにナカムラさんが出てきた。

「天井から黒いものが、ハチの巣が落ちてきたのよ！　何が何だかわからない。部屋中がハチだらけになっている」

彼女はあわてて靴を履いたのだが、その靴のなかにハチがいたらしい。足指の先をチクリと刺された。彼女もキンカンを塗った。

どういうこと？　とセキさんが山の階段を上がってきた。携帯電話で、村の床屋のナカザワさんに、「いま、シジンがハチに刺されたの。面白いから見においでよ」などと、ふざけて伝えた後だった。八百屋のショウコさんにも伝えたらしく、ショウコさんと中学二年生のユリカちゃんが山小屋に着いた。村のスズメバチ退治の専門家に駆除してもらうことになって、携帯電話で連絡。三十分ほど後に来てくれることになった。しばらくしてナカザワ夫妻がやってきた。ナカザワ夫人のヒロコさんは元看護師長なので、こういうときは心強い。彼女は自作のビワの葉の焼酎エキスを持ってきてくれて、ハチに刺されたときにはこれが一番効くのよ、と言った。ガーゼに染み込ませて、わたしの右手の甲にあて、その全体をネットで巻き付ける手際は、元看護師長ならではのすばやさだった。

セキさんは三十年ほど前に一度、スズメバチに頭を刺されたことがある。旧館の窓の外にスズメバチが巣を作っていて、その数匹が襲ってきて何ヵ所も刺された。刺された直後は、ショックで世の中がモノクロに見えたらしい。当時も山小屋にキンカンはあったのだが、倒れたまま、そばにいた男たちに、早く頭にオシッコをかけて！　と頼んだという。しかし、男たちは全員がうろたえていて誰もオシッコが出なかった、というのは笑い話として、これまで何度も聞かされていた。そのときは近くの医院にみんなが運び込んで、太い注射を打たれ、大事に至らなかったが、次回、刺されると生命に危険があると医師から言われた。猛毒を持つスズメバチに二度目に刺されると、ショック死する可能性があるのだ。だから、セキさんはスズメバチを極度に怖がる。全員が書斎の中に入って、スズメバチ駆除の専門家が来るまで待機することになった。

しかし、ナカムラさんの話だけでは、旧館の二階がどんな状態になっているのかがよくわからない。まさか、スズメバチが締め切った部屋の中に巣を作る、ということがあるのだろうか。どこから入ったのか。わたしは山小屋にあったスズメバチ専用の一〇メートル先まで液が飛ぶという、強力なジェット・スプレーを手にして、旧館へ入った。入口から階段に向けてスプレーを噴射し続け、二階までの階段をゆっくりと上った。階段の天井の電灯付近を舞っていた数匹のハチが下に落ちた。

二階の部屋に顔だけ出すと、恐ろしい光景だった。四つの電灯のまわりに無数の黒いスズメバチが群がっていた。半分開けたガラス窓と閉じた雨戸の間に、直径一〇センチほどの巣が落ちて、二つに割れていた。そこにもハチが群がっていた。階段から手だけを出して、電灯と窓辺に向かってスズメバチ・ジェットを吹きつけた。猛烈な勢いで飛んだ液は、たちまちのうちにハチたちをたたき落とした。電灯の傘から、液の滴る音がする。大量噴射だった。それから、わたしはそっと階段を降りた。このときのハチは床に落ちて死んだふりをしているだけで、まだ生きている。潰して殺さないかぎり安全ではない。

ともかく、事態がようやく飲み込めた。あとで、このスズメバチは猛毒を持つ黄色スズメバチよりも小型の、スモン・スズメバチだということがわかるのだが、彼らは左右に開く木製の雨戸とその内側にあるガラス窓の間に潜り込んで、巣を作っていたらしい。ナカムラさんがそのことを知らずにガラス窓を開けたとたん、雨戸との隙間にあった巣が上部から落ちてきたのだ。巣から無数のスズメバチが飛び出してきたのに、よく無事だったと思う。

午後七時頃、村のスズメバチ退治の専門家、トベ・ヒロツグさんが奥さんと一緒にやってきた。七十代くらいだろうか。現在は東電の検針係をしているが、昔はキャベツの仲買人をやって大儲けをし、その後は養蜂家でもあったという。

「今年はスズメバチが多いんだよ」とヒロツグさんは余裕たっぷり。白いヘルメットと顔と肩を覆う防虫ネット、白い防護服に白い長靴というスタイル。スズメバチは黒い色のものを襲撃するが、白い色には向かってこないのだ。腰には殺虫液の入った大きなスプレー缶を結わえ、手に虫採り網を持って旧館へ。ヒロツグさんが二階へ上ったあと、奥さんが麦わら帽子の上から大きな防虫ネットを被り、割烹着のまま、ハエ叩きを持って上がっていった。旦那の用意周到なファッションに比して、奥さんはあんな格好で大丈夫だろうか。

そのうちに二階からスプレーが噴射される音が続き、ドタバタと何かが倒れる音がし、やがて静まった。そして、二人が旧館から出てきて、ベランダで採取した巣を見せてくれた。灰色の巣で、よく見る黄色スズメバチの巣のような茶色のものではない。これは毒性が弱いんだよ、と教えてもらった。危険性はないが、刺された後、かゆみとジンマシンが身体のあちこちに出るようだと要注意。病院に行かなくてはいけないと言われた。

ヒロツグさん夫妻が山小屋から去ったときだった。午後七時半頃、あたりは真暗になっていたので、ベランダに向けてライトをあてていた。わたしたちは集まって、ともかく到着が深夜ではなくてよかった、と言い合った。深夜だとヒロツグさんを呼べないし、スズメバチの巣のありかもよくわからなかった。

そのときだった。突然、ベランダに立っていたセキさんが、痛い！　と声を上げた。踵をハチに刺されたのだ。スズメバチがまだ、飛んでいる。ライトを方々に向けると、旧館の前のベランダの下から、数匹のスズメバチが出入りしているのがわかった。これは駆除したのとは別の集団らしい。ジェット・スプレーを吹きつけて落とし、数匹を踏みつぶした。猛毒を持つ黄色スズメバチだった。ベランダの下に巣があるのだろうか？　これは危ない。ナカザワさんとわたしは、ベランダの下に潜ってスプレーを噴射し続けた。しかし、巣らしきものはなかった。ライトの灯がスズメバチを目覚めさせた可能性がある。ベランダの照明を消した。

セキさんがキンカンを踵に塗ったあと、その液の一部が眼に入ったかもしれない、と言い、目薬を差した。それがきっかけだった。たちまちのうちに、身体の方々にかゆみと発疹が出来始めた。喉のまわりが赤くなっている。ヒロッグさんが言い残した、要注意の症状が出てきたのだ。彼女のスズメバチ被害は二度目である。病院に行こう。ナカザワ夫人がすぐに緊急病院に連絡し、三名の治療を依頼してくれた。

ショウコさんが運転して、セキさんとナカムラさんとわたし、それにユリカちゃんが乗って、緊急病院に向かって走った。車が山小屋から出て道を曲がろうとしたとき、丸々と太ったイノシシが道路脇を歩いているのが見えた。イノシシだ、と声を上げたが、いまやそれをゆっくり見ている余裕はなかった。

緊急病院は長野原にあって、車で四十分ほどかかる。セキさんはだんだん苦しそうになってきた。呼吸するのが難しいと言う。走っている途中で、セキさんはナカザワ夫人に、もっと近い病院はないかと携帯電話で聞いた。いや、それよりも救急車を呼ぼう、ということになった。

そのとき、「救急車なら、ここです！」と運転していたショウコさんが、いきなり車を右に曲がらせた。偶然にも、わたしたちは村の消防署の救急車待機所の横を通り過ぎようとしていたのだ。道路に沿った建物にはなんの看板もないので、その建物に救急車が常駐しているなんてことは、地元の人でなければわからない。救急隊員たちが走ってきて「息をしていますか？」とショウコさんに聞いた。何を言うのだ。息をしていなかったら死んでいるじゃないか、と思ったが、文句を言う暇もない。

セキさんは救急車の寝台に横になり、酸素マスクを付けてもらった。わたしとナカムラさんも同乗した。車はサイレンを鳴らして走り出した。血圧、脈搏、血中酸素濃度の数字がモニターに写しだされた。数値に異常はない。しかし、セキさんは次第に息が荒々しくなり、喉を切開してほしいくらいです、と隊員に言った。このとき、スズメバチの毒が気管支を腫れ上がらせていたのだ。マスクを外して、二度ほど吐いた。

最初はそんなにたいしたことはないと思っていたのだが、徐々に事態は予想もつかない方向に進んでいる。人生は突然、何が起こるかわからない。このままショック死でセキさんが死ぬかもしれない、とまでは思わなかったが、それに近い症状が襲ってきているのだ。この後の最悪の事態に備えて、何をするべきか、ぼんやりする頭で考え始めた。

暗い山道を走り続けて緊急病院に着いたのは、午後八時半頃だった。ショウコさんの車が後を追いかけてきていた。「救急車はサイレンを鳴らしているのに、走りが遅くって！　わたしの車のほうがもっと早かったかもしれない」と、ショウコさんは言った。

セキさんの治療は、酸素濃度を上げたマスクで呼吸をしながら、一時間かけて薬剤入りの点滴を四本。気管支と肺の入口の腫れがなかなか治まらず、呼吸困難が続いた。

わたしへの治療は、シップと塗り薬と三日分の錠剤。ナカムラさんはキンカンのみで大丈夫、とのことだった。

セキさんの治療が続く間、わたしたちは村の食堂で夕食をとった。やがて二時間が経過し、もしこのときまだ呼吸困難が続くようだったら一晩だけ入院、という案が医師から出されていたのだが、幸いにも、セキさんは元気を回復していた。やれやれ、とんでもないことにならなくてよかった。しかし、病院へ急いだのは正解だった。遅れれば遅れるほど、治療は難しくなっただろう。

ショウコさんの運転する車で山小屋に戻ると、ナカザワさんが待っていてくれた。前回、記したように、一ヵ月間、山小屋が閉じていた間、ナカザワさんとトクさんの二人は、相次いで旧館の二階に上がって、大きなネズミと化して、シングルモルトや焼酎のボトルを齧っていったのだった。どうして、そのとき窓辺で巣を作っていたスズメバチは、ボトルを抱えた二人を攻撃しなかったのだろう。そうだったら、天罰だと言って笑えたのにね、とわたしは言った。あのとき、そんなのいなかったよ、とナカザワさんは言った。するとわずかの期間にスモン・スズメバチは巣を作ったのかもしれない。翌日、ヒロツグさんに頼んで山小屋の床下に潜って、もう一つの巣がないか調べてもらい殺虫剤を大量散布したが、黄色スズメバチの巣はなかった。作る寸前だったらしい。

梯子をどう作るか

スズメバチに襲撃された七月下旬以降、山小屋には、旧館に五つ、新館に一つ、「ハチ激取れ」という、そのまんまの商品名のプラスチックの黄色い壺をぶら下げるようになった。樹液の甘い匂いのする液体が壺の中に入っていて、ハチはいったん中に入ると脱出できない仕組みになっている。いくつも吊り下げたので、お祭りのときの提灯のようににぎやかな雰囲気になった。二週間ほど経つとその壺にスズメバチが何匹も入って液体の中で溺れ死んでいた。こんなによく飛んでいるのかと驚くほどだ。そのたびに黒い山となった死骸を焚き火に入れて焼いた。

焚き火の煙が流れていると、ハチだけではなく蛾や他の虫たちも逃げていく。焚き火は意外なところで役に立つのだ。山の虫や動物たちと闘うには、人間がたえずいるということが大切で、人間がいるところには火と煙があるのだということを示す必要があるらしい。

フランスの写真家エリック・ヴァリの写真集に、ネパールの蜂蜜採りの生活を追った *The Honey Hunter of Nepal*（『ネパールの蜂蜜採り』一九八八）がある。崖っぷちにある直径二メートルはあると思われる巨大なハチの巣を採ることを生活にしている人々の記録だ。ネパール南部の村の長老ラルは蜂蜜採りの名人で、崖の上から草で編んだ梯子を吊り下げて近づき、なんの防具も付けずに、竹の棒で巣を叩き壊す。そして、ロープに結びつけた籠の中に蜂蜜の塊を入れ、地上で待ち受けている村人たちに向けて降ろす。籠から蜜の滴りが漏れて地上に落ち、それを受け止めるために、人々は手にコップを持って群がる。

写真集では、ラル老人は巨大なハチの巣に近づいたとき、まず松の葉の束に火をつけて巣をいぶしていた。もうもうと立ち込める煙でハチたちを麻痺させ、全員が狂乱状態になって、いったん巣を離れた隙に巣を叩き壊す。煙はこんなふうにハチには有効なのだ。それにしてもその作業の間、防具も付けずにどうしてハチに刺されないのか、というエリックの質問にラル老人は、巣を採る前に山の神様にお祈りをしているからだと答えていた。撮影していたエリックも老人と同じように祈ったのだと思うが、カメラのファインダーを覗くために防護ネットなしだった彼は、きっちりハチに刺されて顔が二倍ほどに腫れ上がっていた。わたしは二〇〇〇年にエリックが自作の映画『キャラバン』の宣伝のために東京に来たとき、彼と対談する機会があった（「ヒマラヤの愛と生と死」、『パステルナークの白い家』所収、書肆山田、二〇〇三）。そのとき、蜂蜜採りの写真を撮るときの苦労話を、雑談の折りに笑いながら聞かされたのだった。

スズメバチ襲撃事件後、わたしたちが山小屋に行くという日が決まると、床屋のナカザワさんは事前に山小屋に出かけて、スズメバチが飛んでいるかどうか、偵察してくれるようになった。「オレも小学生のとき刺されたから、二度目は危ないんだよ」と言いながらも、ナカザワ夫人ヒロコさんが「あんたは大丈夫。セキさんが死ぬかもしれないんだから」と命令されたそうだ。セキさんがスズメ

踊り場と流木の手摺

バチに刺されて呼吸困難になった事件は、山小屋メンバー全員がショックだったのだ。東京を出発する前になるとナカザワさんから、「事前点検終了。ハチは飛んでいません」というメールがセキさん宛に届くようになった。

八月の初めは雨が降り続いた。ツリーハウスの棟梁トクさんは、ひさしぶりに山小屋にやってきた穂高の木工家具師オオタケ・オサムさんと二人で、ツリーハウスの二階から三階までのデッキの周囲に、流木を使った手摺作りを始めた。支柱には太い流木を使い、その支柱に穴を開け、そこに細い流木を差し込んでデッキや階段の手摺にする。流木は自然に歪み、曲がったりしているのだが、その個性的な曲線を利用することにしたのだ。手摺が人工的な直線ではなく、本体のクリの木にまとわりついたような自然な雰囲気になることをめざした。

支柱に穴を開けるためには、手摺用の流木の太さに応じたドリルの刃先が必要になる。オオタケさんは一枚の板にさまざまな大きさの穴を開けたゲージを準備してきていて、その穴の中に流木を差し込んでは、ドリルの刃先を選んでいた。さすが、木工家具師である。仕事が丁寧だ。わたしが感嘆していると、いやあ、トクさんは仕事が早いから、とオオタケさん。木の専門家と一緒の作業になると、仕事が捗るらしく、トクさんはもくもくと三階のデッキの手摺作りに励んだ。

三階のデッキの手摺は、流木の支柱を立ち上げ、そこに小さな穴を開けて、銅の細いパイプを横に通した。このデッキにはハウスが出来るのだから、トクさんはちょっとデザインに凝ってみたのである。流木が古びて鉄錆色になった頃、銅のパイプは緑青色に錆びるだろう。しゃれた手摺が出来上がった。

ところで、このとき使った流木のことだが、作業を始めようとしたとき、以前わたしたちが吾妻川の川原で集めてきた流木が残り少なくなっていたのだった。あっても少なすぎる、手頃なものがない、とオオタケさんは嘆いた。というわけで、わたしとドイツから帰ってきたばかりのエンジニアのケンちゃんと二人で、流木探しに出かけたのだった。オオタケさんの軽トラックを借りて、吾妻川の川原まで流木を拾いに行ったのだが、連日の大雨で川は氾濫状態になっていて、川原には草が茫々と繁り、下りることもできない。流木は下流に流されてしまったらしく、いつもの場所には何もなかった。そこでどんどん川に沿って下流まで車を走らせた。途中で川筋から離れてしまい、山道を迷った。こうなると、わたしはおおらかになる習性があって、まあいいや、諦めようか、とケンちゃんに言った。ゆっくりしよう、コーヒーでも飲んで帰ろうよ。

しかし、喫茶店など山の中にはない。山道を走りながら二人はコーヒーも流木のこともすっかり諦めて、山小屋まで戻ろうとしたのだが、その途中の小さな温泉の看板があるところで、ひょっとしてと思い直した。道を外れて吾妻川の川原に近づいてみた。老人ホームがあるばかりで、川原に流木の姿はなかった。帰ろうと思って、車を止めた空き地の隅をふり返ったとき、なんとそこに、理想的な流木の束が無造作に、大量に積み上げられているのを発見したのだ。よく見るとそれは流木ではなく、ずいぶん前に間伐されたブナやナラの木の枝や幹だったのだが、保存状態がよくて腐りもせず、乾いた流木のような風情を持っていたのである。おおっ、とわたしたちは歓声をあげた。これは神様の思し召しだよ。すべての枝や幹は二メートルあまりに裁断されていて、ノコギリやナタを使うこともない。夢中で軽トラックの荷台に木を積み上げて、わたしたちは意気揚々と山小屋まで戻ったのだった。偶然というのは恐ろしい。偶然の機会というのは、最後まで諦めないことからやってくる。

こりゃ、理想的な流木だな。トクさんとオオタケさんは、軽トラックの荷台を一目見て言った。そこから猛然と二人の手摺作りに火が付いたのだった。ケンちゃんはわたしの流木拾いの執念（そんなものはなかったのだが）を見て、詩人にしとくのはもったいない、とわけのわからないことを言った。

八月の雨が上がると、男たちはツリーハウス作りに励み、女たちは焚き火コーナーで草木染めに精を出した。十月初旬に北軽井沢でクラフトフェアがあって、そこに山小屋メンバーの草木染めの専門家ヨコヤマ・ヒロコさんの「けやき工房」が出店することになったのだ。ヨコヤマさんの指導のもと、山小屋でみんなからシェフの称号を与えられているイナミさん、ケンちゃんの奥さんで看護師のチズコさん、やはり看護師のアキモトさんらが東京からやってきて、そこに里の旅館の女将タイコさんやナカザワ夫人のヒロコさんが加わり、次々と山の夏の草を大釜で煮た。ヤマウド、ススキ、イタドリ、ツキミソウ、クルミの実。ベランダにはさまざまな草が大量に積み上げられた。焚き火奉行のわたしは、いつものように「窯爺」と呼ばれながら、火を燃やし続けた。

ヨコヤマさんの話では、山の同じ草を東京に持って帰って染めても、山小屋で染めたものと同じ色にならないのだという。「ここで染めると、山の風の色に染まるのよね」。それは微妙な違いで、山ではやさしい色になるのだという。

クルミの実が草木染めの材料になるなんて、わたしは初めて知った。この煮汁で真っ白いブラウスを染めたナカザワ夫人ヒロコさんは、灰紫色に銀色が混じったような不思議な色になったと喜んだ。夏のススキは、驚くほど透明な黄色に染まる。春のススキで染めた黄色とは一味違う。アルミニュームや鉄で媒染すると、色がまた変わる。

山小屋の斜面の緑の木々に囲まれて、黄色や紫色、灰色、ピンク色などに染まった布が干されている風景は、なんとも美しい。ブラックベリーをジュースにした後の残りかすで染めると、ピンク色になる。まるで山の染色工場という雰囲気である。

村の中学二年生のユリカちゃんとモエちゃんは、二人ともバレーボールの選手である。練習試合と公式戦が続き、大人よりも忙しい夏を過ごしている。その合間をぬって山小屋にやってきては、草木染めを手伝った。モエちゃんの妹のマミちゃんも加わってイタドリの枝を刻み、葉を刻む。

この日の昼食はベランダの机で、イナミ・シェフが作ったパスタと、ユリカちゃんが手伝って作ったブルターニュ風のそば粉のクレープを食べた。山の斜面に夏の草がそよぎ、まるでブルターニュの田舎のランチみたいね、とセキさんが言った。ケンちゃんがブルターニュの工場に派遣されていたとき、レンヌの町に住んでいたチズコさんは、ほっほっと笑った。

八月下旬、トクさんは一人で、山小屋の裏山にある大きなクリの木の枝を切った。太い枝でほぼ百三十度ほどの角度で曲がっている。その曲がり具合が気に入ったらしい。それを担いでツリーハウスの二階のデッキに上り、三階のデッキまでの梯子にしようと立てかけた。わたしたちが山小屋にいない間の仕事だった。

もともと三階へ上る梯子は、縄文時代の家がそうであったように、一本の太い丸木を階段状に刻んで、斜めに立てかける案をトクさんに持ちかけていた。ネパール山岳部の家々はいまも一本の丸木を刻んだ階段になっている。クリの木のツリーハウスにはクリの木をそのまま刻んだ階段がいいのではないかとわたしは思っていたのだ。しかし、たとえそんな太い木があっても、二階のデッキまで持ち上げるなんて、重くてできないよ、というのがトクさんの意見だった。ツリーハウス作りは現実優先。先にやったものの勝ちである。トクさんは直径約一五センチ、長さ約三メートルのクリの曲がった枝を見つけて立てかけた。すると、本体のクリの木の幹のねじれ具合と調和して、まったく自然な雰囲気になった。二階のデッキに上がって見ると、異常な曲がり具合がわかるのだが、下から見上げると、角度によって曲がっているようには見えない。本体のクリの木の数本に分かれた幹の一部のように錯覚してしまう。現物を見て、うーん、とわたしはうなった。これは妖しげで面白い。あともう一本の曲がったクリの木の枝を見つけて、踏み板か横棒を渡さなければ梯子にはならないのだが、それはまた後の話。

三階のデッキの裏側は、下から見上げたとき床板の骨組みが見えないように、壁面用の羽目板を並べて、大きな団扇のような葉っぱの形を幾枚も作り、ミノムシが枯葉を集めたようなデザインにしてある。ミノムシ状のツリーハウスにしようという、初期のイメージを踏まえたものだ。この人工の枯葉の中に、異常に幹が曲がり、ねじれた木の梯子が突き刺さる。ああ、こんな大胆な発想はわたしにはできないな、トクさんならではのものだ、と感心した。

八月末の午前中、東京にいるわたしにトクさんから電話がかかってきた。この日も、彼は仕事の合間をぬって一人でツリーハウスの工事をしていたらしい。トクさんは興奮していた。「タニカワさんがいま、ツリーハウスを見に来たよ。山小屋の階段を上がってくる人がいたので、誰ですか？　と聞いたら、タニカワです、と言ったんだ」。

谷川俊太郎さんには、以前からツリーハウスの話をしていた。ちょうど彼が北軽井沢の別荘に向かう途中、わたしの話を思い出して山小屋に寄ってくれたらしい。俊太郎さんはトクさんに案内されて二階のデッキまで上った。工事中の三階は怖くて無理だったという。しばらくして北軽井沢の俊太郎さんに電話をすると、「山小屋はしばらく行かないうちに、まるでドリームランドみたいに面白くなってるなあ、驚いた」と言った。

「ツリーハウスは、アイルランドのケルトの神々が住んでいそうな妖しげな雰囲気だった」

トクさんの喜ぶ顔が見えそうだった。

ツリーハウスとパン焼き窯と

九月

ほぼ百三十度の角度で曲がり、ねじれたクリの木の枝を、ツリーハウスの二階のデッキから三階のデッキに向けて梯子用に立てかけたことから、難問が浮かび上がった。同じように湾曲している木の枝を、もう一本探さないと梯子にはならない。しかし、そんな都合のよいクリの木の枝が見つかるわけがない。立てかけた木の枝の曲がり具合やねじれ方はツリーハウス全体の構造から見て、デザイン的にはうまく収まっている。遠くから見上げると、本体のクリの木の幹は上部で五本に分かれて広がり、地上から炎が吹き上がっているようにも見える。二階と三階を結びつける梯子用のねじれた木の枝は、その炎の穂先の一つになった、と思えるくらいに面白い。

これが梯子として二本になって立ち上がったとき、どうなるだろうか。ちょっと不安だが、できるだけ、踏み板や横棒が目立たないほうがいいし、シンプルな形になるのがいい。

そう思って、いったん山小屋を離れた九月初旬のある日、アリスジャムの掲示板に、梯子の形が決まった、という報告が載った。床屋のナカザワさんが、トクさんがその後作りつつあった梯子の途中経過の写真をアップしたのである。二階のデッキから立ち上がっている木の枝は二本どころか、三本になっていた。一本はすでに立てかけてあるもの。そして新しく付け加わった一本は、ほぼ直角に曲がっていて、根本は本体のクリの木の幹にボルトで固定されていた。クリの木の幹から水平に太い枝が飛び出て、途中で直角に曲がって上方へ向かっているという構図だ。水平に伸びた枝の途中から、さらにもう一本の枝が垂直に立ち上がっていた。ステップはまだできていない。

くどいなあ、このデザインは、と思った。手頃な曲がり具合の木の枝がなかったので、とりあえず手に入れた九十度近く湾曲した木の枝をもとに、強引に組み立てたという印象だ。わたしは慌てた。これ、やめようよ、急がないで、妥協しないで作ろう、と掲示板でトクさんに言った。図面もなく、計画性もなく、行き当たりばったりの工事というのは、実際にやってみると面白いのだが、弱点は現実に引きずられて（材料や資金面）、いい加減なところで妥協してしまうところだ。その妥協をなくそうとして、いったん組み立てたデッキを解体して、また別のデザインでやり直しをする、ということもこれまでしてきたのだが、ツリーハウスの「艦長」（なぜ、船になるのかよくわからないが）と呼ばれているわたしは、「一等航海士」あるいは「一途後悔士」を自称している棟梁トクさんに、これまでもデザイン的な駄目出しばかりしてきたように思う。

わたしのなかで、ツリーハウスの完成形がはっきりとイメージされているわけではない。それは曖昧だ。たえず揺れている。そのイメージの揺れ方をわたしは楽しんできた。ツリーハウスはどこへ行くのだろう。ただ、本体のクリの木の自然の形と矛盾しない、シンプルなデザインだけがわたしの求めているものだ。デザインは引き算である。作っているうちに欲が出て、複雑なデザインに変化する。そこから、どれだけシンプルな最初のイメージに戻すか。いや最初というよりも、ハウスという人を囲い込むだけの、土の家や草の家のような原型的なデザインに戻すか。ツリーハウスに居住性など、わたしは求めていない。木の上に、ぽっかり人間が浮かぶ、遊びの空間があればいいのだ。シンプルさと妖しさは矛盾しないが、くどさは別物だ。

こんなふうに作ろうと提案しても、トクさんがその通りにやってくれたためしはなかった。それがまた、これまでのツリーハウスの工事に面白い結果を生んできたのだった。二人のイメージのすれ違いが別の方向に進んで、トクさんのなかで新しいアイディアが生まれるということが繰り返されてきた。わたしの役割は、トクさんが作った形に、たえず言葉を与えることであった。どこがどのように面白いのか。なぜ、ここがいいのか。ともすれば、くどくなって、デザインが足し算になってしまうと、駄目出しをした。トクさんは即座にわかってくれるのだった。いや、反撥も含めて納得するまで時間がかかるのは当然だが、その時間の費やし方がトクさんはうまいのである。自分のやりたいようにやる、という雰囲気を自然に作って、いつのまにかこちらの意見を入れて変更している。

わたしができたばかりの梯子のデザインを気に入っていないということを知ると、トクさんはさっそく掲示板に書き込んできた。「ささやかに人工物（あえて梯子といいます）を付け加えなければならないような、湾曲した木の枝を取り付けてしまったことに後悔の念多々あり、さてどうしよう、ツリーハウスは何処へ航海するのやら」「勉強させていただきました。湾曲した木の枝を二本並べると、もっと作り事になってしまう。そんなうまい具合に同じような枝があるわけないと思うのが作り手の考えです」「子供心の梯子、作らせていただきます。ナカザワさん、ここは黙って見ててくだされ、ダメなら何度でも作り直せばいいという情熱モクモクと湧いてきました」。なぜ、ナカザワさんの名前が出てくるのかというと、わたしの意見とトクさんの意見が食い違うときには、必ず心優しいナカザワさんが真ん中に入ってバランスを取ってきたからである。それに以前もそうであったように、ここでもナカザワさんに呼びかけるふりをして、トクさんはわたしに呼びかけているのである。農家の大家族の末っ子として育ったトクさんは、年上の人間への甘え方が上手だ。

現場でたえず中心になって身体を動かしているのはトクさんであって、それを手伝っているのがナカザワさんである。ナカザワさんはどういうわけか「甲板員」と呼ばれている。わたしが駄目出しをした数日後、なんとすばやいことだろう、トクさんは梯子を作り変えてしまったのだった。ナカザワ甲板員が掲示板にその写真をアップした。

「リクエストにお答えして、棟梁の自信作「天空への階段」であります。／今朝早くから愛車のジープに怪しく曲がった木の枝を積んで一途後悔士登場！／ツリーハウスのデッキの三階で、私に地味な屋根板貼りをさせといて、下で黙々と作業をしているなぁ〜と思ったら、ご覧の様なスリリングな階段が出来上がりました。／こりゃ三階に上がれる人は限られるぞ！」

アップされた写真には、百三十度近く曲がった木の枝の途中に、もう一本の湾曲した木の枝がボルトで止められ、三階に向けて立ち上がり、ねじれたY字型の梯子ができていた。Yの形の開いた部分に、自然木の横木が三本渡されてステップになっている。まるで海賊船のマストに上るための梯子のような、ごつごつとした作りの野蛮な雰囲気。

おお、これだ！　これがほしかったんだ。わたしは感動したのだった。よく見つけたなあ、こんな木の枝。梯子は一本の丸木にするか、それとも柱を二本使ったH字型にするか、という選択肢しか頭

次ページ・2段目デッキ上のY字型梯子

になかったわたしには、Y字型の梯子は想像もしなかったことだった。想像力をぶっちぎるような、この裏切りがいい。ナカザワさんによると、トクさんは新しい湾曲した木の枝を見つけるまでの間、「わたしは枝になりたい」と、全身がクリの木になったようなことを言い続けていたらしい。

九月中旬、山小屋に行ったとき、この梯子に上った。大きく湾曲しているので、横木を両手で摑んでいても、海賊船のマストに風に吹かれて上っていくような不安感がある。ハウスのある三階のデッキには誰もが上れるのではなく、恐怖心に打ち勝った人間だけ、というわたしたちの目的にかなっている。面白いことに、この湾曲した梯子は下りるときが楽なのである。足を下に伸ばして前方に振ったとき、ちょうどいい位置に横木がある、というわけなのだ。

いいだろう、とトクさんは得意気だった。十月初旬の北軽井沢でのクラフトフェアで展示する草木染めの作品を作るために、この日も「けやき工房」のヨコヤマ・ヒロコさんと従姉妹のイナミさんが東京からやってきていた。そのヨコヤマさんとイナミさんが、新設の梯子に上った。すごく上りやすいし、下りやすいわよ、とイナミさんは言った。女性陣にも好評なので、トクさんはますます意気軒昂になった。

ヨコヤマさんは東京以外の土地でのクラフトフェアへの出品は初めてなので、野外テントの出店のなかの配置をどうするか、心配の種が次々と出てくるようだった。セキさん、八百屋のショウコさん、床屋のナカザワさんとヒロコ夫人、薬局のナオミさん、ケンちゃんとチズコ夫人、トクさんら、山小屋メンバーが総出でヨコヤマさんを手助けすることになった。

今回の草木染めのテーマは「嫣恋の風」。二日間にわたるクラフトフェアでは、VOICE SPACE の代

次ページ・Y字型梯子3本の横木ごしに
新館前のベランダを見下ろす。左手は旧館の屋根

表である箏曲家のサワムラ・ユウジ君が、テントのなかで箏を弾く。草木染めと音楽のコラボレーションというのが、ヨコヤマさんのイメージだった。ユウジ君は古典曲を弾くだけではなく、「孀恋の風」と題した新作を山小屋で作曲して、テントのなかで初演したいとわたしに言ってきた。野外で箏を弾く機会を持ちたいというのが、彼のかねてからの希望だったのである。

「風のブランコ」がある芝生地に、セキさんがテントと同じ広さに白いロープを張って、出店内の配置の模擬実験をした。箏の長さは一メートル八〇センチ、幅五〇センチ。椅子の高さは？　商品を並べるテーブルの幅は？　などと細かいチェックをした。テーブルはトクさんがツリーハウス用の屋根板を使って作った。

夜、旧館での夕食のあと、トクさんが突然、この五月に作ったツリーハウスの模型に紙を貼りつけて屋根を作り出した。模型は十分の一の大きさなのだが、約七十四度の角度で立ち上がる八角錐の屋根の垂木が丸見えのままだった。出窓をどの位置に作るか、八角錐の尖塔の上にもうひとつ小さな八角錐を載せて採光窓を作るにはどんな形がいいか。わたしとイナミさんが紙で切妻式の屋根を持つ出窓を三つ作り、ナカザワさんが小さな八角錐の屋根を作った。二重の屋根にするには上の屋根はゆるやかな角度のほうがいい。ダメだなあ、それ。大きい、小さい、と何度もやり直して、二重屋根の八角錐のハウスが出来上がった。蒸溜所のキルン（乾燥塔）の形をめざしていたのだが、模型は鋭く尖った白い紙製の屋根だ。灯台のようにも見える。ついでにハウスの周囲に立ち上がっているクリの木の幹の代わりに、台所に転がっていたゴボウを立てかけたら臨場感が出た。

ここまでハウスのイメージがはっきりしてくると、みんな言いたいことを言う。セキさんとケンちゃんとチズコ夫人、ナカザワ夫人ヒロコさんが加わり、ヨコヤマさんは酔っぱらいながら、ハウスは下から見上げるんだからと言って、立ち上がって模型を両手で持ち上げ、さまざまな角度に回して全員の意見を聞いたりした。棟梁のトクさんはこんなにみんなが熱心にツリーハウスのデザインについて喧々囂囂《ごうごう》とやるのは初めてだ、とシングルモルトを飲みながら嬉しそうにつぶやいた。

イナミさんは山小屋ではシェフの役割をしていて、いつも自家製のパンを大量に持ってきてくれる。嬬恋村産の花豆入りのパンや、かぼちゃ入りのパン。どれもが美味しい。わたしたちの予定では、ツリーハウスが完成したら、次は焚き火コーナーにパン焼き窯を作るということになっている。イナミさんはそこでパンを作り、ピザを焼くことになっている。

ツリーハウス作りを始めてから、それまで躁鬱病に悩まされていたトクさんは、この間、一度も鬱にならなかった。ずっと躁状態になってしまったのかもしれないが。だから、ツリーハウスが完成したら、その反動が自分でも怖いよ、とトクさんは言う。いや、次はパン焼き窯作りが待っているから、鬱になる暇はないよ、とわたしは言う。パン焼き窯だけではなく、その上に雨がかからないよう、新しく小屋も作らねばならない。

さきほどまで酔っぱらってツリーハウスのデザインについてあれやこれや言っていた全員が新館に寝に行ったあと、イナミさん、トクさん、わたしの三人が旧館に残り、いつまでもツリーハウスとパン焼き窯のデザインの構想を練った。この二つのデザインを連動させたいのだ。気がつくとわたしとトクさんの飲んべえ二人が、グラスにミルクを入れて飲みあっていた。それって、おかしい、とイナミ・シェフは笑い転げた。

十月初旬、北軽井沢でクラフトフェアが始まった。フェアの二日前に東京からわたしたちの車に乗って山小屋まで来たユウジ君は、書斎に入って箏を弾きながら「嬬恋の風」の作曲を始めた。音を探りながらのデッサンである。わたしが書斎前のベランダの椅子に座ってビールを飲んでいると、背後から、いままで聴いたことのないさわやかな調べが聴こえてきた。ドアをあけると、ユウジ君が興奮して言った。「たった五分で、「嬬恋の風」のための新しい調弦ができました。こんなことは初めてです」。そう言って彼は箏を鳴らした。「山小屋のインスピレーションは凄いです」と彼は言った。

十月

草木染めと竹と銅板と

十月いっぱい、秋の山小屋のイベントは次々と続いた。十月初旬の北軽井沢でのクラフトフェアに、染色家のヨコヤマさんが「けやき工房 in ALICE JAM」を出店。山小屋で染めた草木染めのショールや毛糸、毛糸で編んだ帽子やマフラー、フェルトの鍋敷などを、従姉妹のイナミさんの指導で、ヨコヤマさんの旦那さんや娘のミユキちゃんが陳列した。浅間ハイランドパークの会場は、初日の午前中は雨だったが午後からは晴れ。客足が多くなり、ショールや帽子が人気で、ほとんどが売れた。

フェアは二日間にわたり、山小屋メンバーは総勢十四人も応援に駆けつけて、全員がショールを首に巻き付けて店のサクラをやり、客が集まると売り子に変貌した。テントの中では、VOICE SPACEのユウジ君が箏を弾いた。彼の首には、桐で染めた薄い緑色の毛糸のマフラーが巻かれていた。箏は桐の木で出来ているから、それにちなんで桐で染めたのよ、とヨコヤマさんは言った。山小屋でユウジ君が作ったばかりの箏の新曲「嫣恋の風」は、ういういしい響きを奏でた。風にそよぐ色とりどりの草木染めのショールの向こうから、箏の音色が聴こえてくる。こういう風景は、誰にも不思議に懐かしいイメージを感じさせるらしく、あれっ、というふうに人が集まってきた。

二日目は、野外のステージで、薬局のノブちゃんや、その息子のヒロシ君、エンジニアのケンちゃんがギターを弾いた。ヒロシ君は川崎で薬剤師として働いていて、この九月に結婚式を挙げたばかりだ。奥さんとなったチアキさんは薬大での同級生。その彼女も会場に現れた。九月に横浜であった結婚式では、神父が二人の結婚を認めますと宣言したとき、ヒロシ君は緊張して前を見つめていたが、横に並んでいたチアキさんは大きく「うん」とうなずいたので、わたしは思わず笑ってしまった。実にかわいらしい花嫁さんだった。

二十年ほど前、山小屋の新館をみんなで作っていたとき、ヒロシ君はまだ二歳の赤ん坊だった。亡くなったヒロシ君の祖母のアーちゃんが、ヒロシ君を抱えて、建設中の新館を見に、山小屋に上がってきたときのことをよく覚えている。わたしはその様子を8ミリカメラで撮影していた。セキさんが編集した「山小屋のできるまで」というその十五分ばかりのフィルムは、いまでもときどき上映することがある。その映像の中では、全員が若い。わたしも四十歳前後だった。そのときの赤ん坊が、初めて山小屋に恋人のチアキさんを連れてきたのは、何年前だったろう。チアキさんはわたしの書斎に入るなり、目をくりくりさせて、本に夢中になった。高校時代の大学受験の国語の問題集に、わたしのエッセイが出ていたと言い、その人がここにいるなんて、と言った。山小屋の書斎は、わたしが死んだらヒロシ君を相続人にすることに決めてある。生きている間、山で楽しませてもらったのだから、死んだら山で生きる人に見守ってほしい。ヒロシ君は都会の薬局で働いたあと、いずれ山の薬局に戻ってくることになっている。その奥さんが本好きである、というのはわたしにとって願ってもないことだった。

クラフトフェアが成功に終わりそうだ、ということがわかった二日目、早朝からトクさんが四トン・トラックに乗ってやってきた。四代目の「風のブランコ」を作るために、竹の伐り出しをやるのである。ブランコはネパール式だから、アジャール君がいないと始まらない。彼と奥さんのキョッキー、そしてひさしぶりにヒルちゃんが現れた。比留川という姓を持つが、山小屋ではヒルちゃんである。ヒルちゃんは女性でありながら溶接工をやっていたことがある。そのあと、リフォーム会社でインテリア・デザイナーになった。アジャール夫妻がネパールに帰っているとき、カトマンズにも遊びに行っている。もともと彼女は、JICAの青年海外協力隊員になって、溶接技術を未開発国の人々に教えることを希望していた。しかし、JICAから、海外派遣の溶接の技術指導は女性では駄目だと言われて憤慨。やがて溶接工をやめたのだった。そういう経歴があるので、ヒルちゃんはいまもフットワークがよくて力持ちである。ネパールの女性のようによく働くと、アジャール君のお気に入りだ。

去年の三代目のブランコ作りの経験で、一年ものの竹は弱くて駄目なことを知った。そして、今回はいままでより太い竹を選ぶことを目標にした。去年までの竹林には、もう太い竹はない。三年間でわたしたちが適当な竹を伐り尽くしたのだ。里に下りて、吾妻川に沿った別の竹林まで出かけた。孟宗竹ではないけれど、ここには太い竹があると、事前にトクさんが調べておいてくれた場所があった。イノシシ除けの網が張ってある一〇メートルほどの崖を下り、暗い大きな竹林に入る。それにしても、竹を伐り出したあと、担いでこの崖を上るのかと思うと、うんざりした。

暗闇の中に、直径一〇センチほどの竹が、空に向かってすくすくと育っていた。去年までは直径七センチほどの竹を支柱にしていた。これなら大丈夫だと歓声を上げた。垂直に伸びている二年目以上の竹を選ぶ。ブランコが成功するか失敗するかは、何よりも竹の強さ次第なのだ。上空で曲がっている竹も避ける。揺れのピッチが他の竹と違うので、長く使っているうちにロープがねじれて、歪んで揺れるようになるのだ。強く漕ぐと四隅の竹にぶつかりそうになる。垂直で太くていいと思っても、よく見ると青々としていて、明らかに一年ものであるということがわかってがっかりしたりした。竹林のなかで声を掛け合って、選別を慎重に進め、予備二本を含めて、六本の竹を伐り出した。どれもが直径約一〇センチ、長さ約一三メートル。

これを崖の上に運ぶのか、と思っていたら、トクさんが川原に沿って運ぶ新しいルートを見つけてきた。川岸に護岸用の大きな石が積み重なっていて、その上を歩いて下流まで三〇〇メートルほど進むと、トラックを川岸に着けることのできる広場があったのだ。トクさんとアジャール、ナカザワさんとキョッキー、わたしとヒルちゃんが組になって、一本ずつ、二回往復で六本の竹を運ぶことができた。

トラックに積み込んだあとは、荷台後部からはみ出した竹の先端に、交通法規に従って赤い手拭いを結びつけた。石川啄木の短歌「はたらけど／はたらけど猶わが生活《くらし》楽にならざり／ぢっと手を見る」と白く染め抜いてある。ずいぶん前、わたしが盛岡の「啄木新婚の家」という記念館で手に入れたものだ。遊びのためのブランコ作りと生活の苦労を歌った詩句が出会うミスマッチぶりを、わたしは気に入っている。遊ぶというのは自分に投資することだ。そのためにこそわたしは働きたい。山小屋に着くとアジャール君とヒルちゃんの二人が、あっという間に六本の竹を運びあげた。

この竹を使って四代目の「風のブランコ」を作ったのは、十月の下旬だった。このときも竹伐り出し隊が全員集まり、そこに八百屋のキー坊さん、ケンちゃん、そしてケンちゃんの大学時代の工学部の恩師であるトヨオカ先生も、ギターを弾きにやってきたのを幸いに、ブランコ作りに駆り出されたのだった。朝八時から始めて午後一時まで。わずか五時間でブランコを作ることができた。こんな短い時間で作れるようになったのは、これで四回目というわたしたちのノウハウが生きたからである。去年から三段の足場を組むという作業方法に変えたことが、すべてを手際よくさせた。支柱とした四本の竹は地下一メートルの深さに埋め込み、地上七メートルの高さに単管パイプを横棒として入れた。直径一〇センチの太い竹は、いくらしならせても安心感がある。頑丈な、そして去年より一メートルほど高い四代目の「風のブランコ」が誕生した。スレンダーで、これまででもっとも高く、美しい形になった。

ロープを垂らしてピリカ（ネパール語の「踏み板」）を置き、雄鶏の首を刎ねて血を四本の支柱とピリカに捧げるヒンズー教の祈りの儀式をアジャール君が、すばやくやった。今回、最初にブランコに乗ったのは、中学二年のユリカちゃんとモエちゃんだった。二人とも、いままででいちばん乗りやすい！　と叫んだ。身体中の力を入れて漕げば漕ぐほど安定して高く舞い上がる。

山の秋は、晴れていたかと思うと霧が深くなり、やがて小雨になる。その秋の雨が降ったりやんだりする中で、スキー場跡地の草刈りは連日続いた。山の斜面の上方部、もっとも難しい傾斜地の草を毎年率先して刈ってくれるのは、芦生田で旅館を経営しているアワノさんである。わたしたちは「山形屋さん」と呼んでいるが、それが屋号だからだ。トクさんの友人で、草刈りのときだけ助っ人として来てくれるのである。今年はずいぶん楽になっていますよ、と山形屋さんは言う。草の根が雨をまだ吸っていませんからね、去年は雨を吸っていて刈りにくかった。

埼玉から草刈り隊に参加してくれたのは、ワタナベさんだった。もくもくと刈って帰る。セキさん、ナカムラさん、ヒルちゃん、ケンちゃん、アジャール君、キョッキー、タケさん、トクさん、そしてわたしと、次々と選手は交代して、ほぼスキー場全域の草を刈り終えたあと、雨が続いた。

雨の中で、朝から何もしない。ただ山小屋で酒を飲んでいる一日、というのは、しどけなく、とろりと豊かな気分になる。床屋が休みの月曜日、ナカザワさんがセキさんとナカザワ夫人ヒロコさんの会話を聞きながら、うっすらと酔い、旧館の窓辺で居眠りをしている。ポール・マクリスのCDがいつまでも鳴り続けている。木工家具師のオオタケさんが穂高からやってきて、ケンちゃんと一緒に音楽談義をしながら、シングルモルトの口をあける。外は白いミルクのような霧に包まれている。

雨だとツリーハウスの工事が進まない、と言って、山小屋に現れるのはトクさんである。現在、ツリーハウスの三段目のデッキには、不等辺八角錐塔のハウスが姿を現しつつある。トクさんとナカザワさんがこつこつと屋根板を貼り続けてきた。その七十四度の角度を持つ尖塔の上に、もう一つ、小さな不等辺八角錐の屋根を載せて、その側壁に採光窓を作る。この頂上の屋根の天井部分の工作が難しい。細い垂木を八本、中心に向かって並べるのは専門家でないとできないとトクさんは言っていたが、十月初旬、彼は小さな不等辺八角錐の屋根とそれを支える八面体の側壁を自宅で組み上げてきた。アジャール君がクリの木の上に裸足で登って、それをロープで引っ張り上げた。尖塔の上に載せると二重屋根になって、やっと全体像が整った。まるで大きなランタンのようだ。ただ、少々、頭が大き

書斎棟前のベランダに置かれたツリーハウス頂上の屋根

いし重く感じる。それに屋根の勾配が緩すぎるようだ。トクさんと二人でためつすがめつ眺めたあげく、結局、デザイン的にどうしても納得できず、また、下ろして解体した。

ハウスの中に入ると人は必ず最初に天井を見上げる。八本の垂木が集まる中心はことに重要だ。円形の木を中心にしてその木に八本の垂木を差し込むようにすると、モンゴルのゲルのように美しい造りになるだろう。垂木はできるだけ細くしよう。

十月下旬、わたしが山小屋に着いたとき、書斎の前に作り直した不等辺八角錐の屋根が置いてあった。あいかわらずトクさんの作業は早い。八面体の側壁には窓が開けられ、実に丁寧な造りだ。今度は気合が入っている。その証拠に、この小さな八角錐塔の天井部分、八本の垂木は鉋で丸棒状に削られ、天井にはサインのように紅葉が数葉、透明ニスで貼りつけられていた。

合板パネルを貼り合わせた屋根の頂上には、銅板製の八角錐のキャップがかぶせてあった。頂上部分はパネルの先端が集まっているが、どうしても隙間が開く。そこに銅板のキャップをかぶせようということになったのだ。トクさんの知人のブリキ屋さんが、余った銅板を使って無料で作ってくれたのだという。

ここまでの作業が進む間、トクさんは何度も進行状況を写真に撮って、わたしにメールで送ってくれていた。そのたびに電話で相談した。雪が降るまでの間に、ハウスの屋根に防水用のガムロンシートを貼っておかねば、木が痛んでしまう。そのためには、最終的な屋根の形を、早急に決定しなければならなかった。出窓を作ること。ハウスの入口の形を決めること。

わたしはトクさんが苦労して作り上げた、尖塔上部に載せる八角錐の屋根を眺めながら、この屋根も、ツリーハウス本体の尖塔の屋根も、すべて銅板で葺きたいと思った。銅板製のキャップが、そのことを誘ってきたのかもしれない。それに、杉板のトントン葺きだと、屋根をさらに重くするだろう。藤森照信氏の「高過庵」の屋根のように、銅板を波打たせ、重ねて葺くような造りにしたいな。トクさんもそれに賛成だった。

屋根を葺くために必要な銅板の面積を、オオタケさんとナカザワさんが計算した。厚さ〇・三ミリの銅板で、重さが約三五キログラム。神戸で銅卸商をしている友人に問い合わせると、わたしが手に入れられる範囲内の値段だった。早速、取り寄せることにした。

ツリーハウスが古びたとき、緑に錆びた屋根がクリの葉の繁みの中で、ふんわりと収まる姿が目に浮かんだ。

次ページ・ツリーハウスの出窓を作り、
屋根にガムロンシートを貼る（2009年11月）

大雪のなかで

二〇一〇年二月

二月になって大雪が降った。山に降るのはパウダー・スノーだ。軽くて、乾燥している。だから除雪しやすいのだが、それも量による。二時間で一〇センチ積もるという激しい降り方になると、一時間かけてやっと山小屋の周囲の階段、デッキのすべてを除雪し終わったと思ったら、最初に除雪したはずの書斎前のデッキに、すでに数センチほどの雪が積もっている。シジフォスの神話のように、果てしなく徒労がつづく。しかし、夜も頻繁に除雪しないと、朝起きたとき、旧館も新館も書斎の前の扉も、すべて雪で開けられなくなるのだ。

こんなに激しく降る雪は何年ぶりだろう。いや、山小屋ができてから初めてかもしれない、と思いながら、腰を痛めないように、スコップを使い続ける。頭に帽子を被っていないと、すぐに髪の毛が凍りつく。外気温は、昼はマイナス七度、夜はマイナス十二度。

こんなとき一番心配なのは、山小屋の前に止めている車だ。雪に埋もれてしまうのは仕方がないが、道路を除雪車が通りすぎた後、車の回りに雪の壁が作られて、スコップでまずその壁を崩さないと扉にも近づけない。雪の壁から車を脱出させるのも時間がかかる。

さらに雪が降り続けると、車でどこかへ移動して戻ってきたとき、道路際に作られた雪の壁は大きくなっていて、停車位置が道路の中心のほうへ寄ってしまう。危険なのはこのとき、山小屋から五分ほど先にあるスキー場へ向かう車が、カーブをうまく曲がりきれずにスリップして、停車中の車にぶつかってくることだ。村の人たちは雪道に慣れているので、そんな失敗はしない。以前、雪道を猛スピードで走ってきた車がカーブを曲がり切れずに停車中の車に追突して、そのまま逃げ去ったことがあった。音がしたので慌てて外に出て逃げ去る車のナンバーを見ると、東京ナンバーだった。

除雪車は村から依託された村民が、雪の日になるとタイミングを見計らってロータリー車や除雪ドーザーと呼ばれる前面に羽根を付けた車を動かすことになっている。依託された人はいつ雪が降るのかわからないので村を離れることはできないし、雪が降ると一晩中、寝ずに雪の様子を見ていないといけない。たんへんな作業である。しかも、じつに丁寧に道路際まで雪を削っていく人と、雪が降ってもなかなか出動せず、いい加減にすませている人とがあって、除雪の仕方にも性格がよく出る。

それにしても、大雪のとき、われわれの車が山小屋の下の崖に沿って並んでいるのは、除雪車にとっては迷惑なのに違いない。カンカンカンと鐘を鳴らしながら除雪車はゆっくりとやってくる。山小屋の前の道を除雪するのは、スキー場に勤めている若いアルバイトなので、毎年、顔ぶれが変わる。だから山小屋のことも、わたしたちのことも知らない。除雪車の音を聞くと、車を移動するためにいつでも飛び出せるよう気を付けているのだが、猛烈な雪になると、その音も雪に吸われてしまって聞こえない。除雪車が通りすぎた後、あれっ、通ったんだと気づいて、毎回うんざりすることになる。山小屋への入口の階段の前に雪が高い壁になって積み上がっている。

そんなことが何度か続いたとき、八百屋のショウコさんが近くでニジマスとイワナの養魚場を経営しているキヨシさんに電話をしてくれた。嬬恋村の人たちはキャベツ畑で大型トラクターを運転するので、たいてい農耕用に限定されたものではなく、公道でも走れる大型特殊免許を持っている。それだけではなく、自宅の除雪用に小型のショベル・カーやブルドーザーを持っている人も多い。キヨシさんは車好きなので、大きなショベル付きトラクターを持っていて、いつも養魚場の回りの雪掻きをしている。ショウコさんは彼に、山小屋の入口付近の除雪を頼んでくれたのだった。しばらくしたらキヨシさんの運転する大きなショベル付きトラクターが、黄色いランプを回しながらやってきた。高い運転台に乗った彼は黒いサングラス姿で頼もしく、やけに格好がいい。わたしに向かって笑顔で手を振った後、山小屋入口の崖に沿って、じつに丁寧に除雪してくれた。一挙に道路幅が広くなった。なんだか、便秘が治ったような快適さだ。

二、三日続いた大雪が止むと、快晴になった。樹木の枝の上に、雪が綿帽子のような大きな塊になって、無数に載っている。樹木の幹の側面にも、高い梢の先にも雪がこびりついたままだ。いつもの見慣れた山の風景とは異なる、白に縁取りされた樹木たちの新鮮な美しさ。風が吹くと梢の先から雪の塊が落ちて、それが地上に届くまでの間、粉々に壊れて、粉雪のように舞う。鳥たちが、一直線に雪原の上を飛んでいく。太陽が照ると、あらゆる色が消えて、白と黒のモノクロームの世界だ。ネパール式の「風のブランコ」の支柱にも、建設中のツリーハウスの上にも、真綿のような雪がある。クリの木に付いた緑色のヤドリギも白くなって氷の塊になっている。

書斎の前のデッキには、トーテムポールのような高さ二メートルほどの黒い木の彫刻が立つようになった。普段は書斎の中に置いてあるのだが、山小屋がオープンすると外に出す。昨年の春、九十一歳で亡くなった父の愛蔵品の一つで、アフリカの民芸彫刻である。画家であった父は静物画を描くときのモデルを、骨董屋から手に入れるのが習慣だった。抽象画を描くようになって、そういうモデルが必要でなくなっても、気に入ったものがあったら骨董屋から買っていたらしく、しかも安価で形の面白いものだけを選ぶものだから、たいていの品物は壊れていて使い物にならない。船乗りたちが使っていたと思われる古い大きなランプや、木の滑車、荷車の車輪を半分に切ったもの、線路の枕木用の錆びついた大きな釘、アフリカの木や果実で作った酒壺などなど。そのいくつかを、わたしは父のアトリエから少しずつ山小屋に運んできた。なかでも一番大きなものが、このトーテムポールのような彫刻だった。

まるでジャコメッティの彫刻のように、極端に痩せた四匹の猿が彫られていて、一番上から順に、両耳を手でふさいでいる猿、左目と右耳を手でふさいでいる猿、両眼を手でふさいでいる猿、口を手でふさいでいる猿が連なっている。「聞かザル・見ザル・言わザル」の三猿に、半分見て半分聞く猿がいるのだ。三猿の物語というのは、アジアだけのものかと思っていたら、アフリカにも同じ言い伝えがあるらしい。それにしても、半分見て半分聞く猿、というのはどういう言い伝えなのだろう。なんだかよくわからないまま、書斎の扉の横に立てておいたら、昔からここにあったように山小屋の雰囲気によくあうのだ。古いランプや荷車の車輪もデッキに並べると、木造りの山小屋はいっそうアニミスティックな雰囲気になった。

四匹の猿のしぐさについて、床屋のナカザワさんが面白いことを言った。「結婚する前は、よく見て、よく聞いて、よく言い、結婚してからは、半分聞いて、半分見よ」という言い伝えじゃないだろうか、と。初めて教えてもらった諺だけれど、ほんとうだろうか。生活の智恵と言うべき、よくできた諺だ。なるほど。

わたしには、書斎の前のデッキに立っている彼らはもう少し威張っていて、「いい詩と音楽の他は、聞きたくも、見たくも、言いたくもない。しかし、ちょっとは聞いたり、見たりしてやるか」と言っているような気もする。その彼らにも雪が降り続けて、黒い頭の上に白い綿帽子が載っている。アフリカ産の彼らには初めての雪だったに違いない。

屋根の上に積もった雪は、室内に暖房を入れると溶け始めて、軒先からツララを垂らす。今年は巨大なツララになって、鍾乳石のように軒先からデッキまで一直線につながり、柱のようになった。その柱の横に、ブルー・シートをかぶせた大きな塊が置いてある。ここには、軒先からのツララが落ちないようにしなければいけない。シートに包んであるのは、昨秋、トクさんが作ったツリーハウスの頂上部分に載せる小屋だ。ツリーハウスの本体部分、不等辺八角錐の塔の基本構造は出来上がったが、その上に二層目の屋根を載せて、スコットランドの蒸溜所にあるキルン(乾燥塔)のようなデザインにするつもりなのだ。この二層目の屋根も不等辺八角錐になっていて、縦一メートルほどの小屋の八つの側壁のうち七つの方角に採光用の窓がある。

屋根には波打たせた銅板を貼りつけてある。わたしとエンジニアのケンちゃんと、これもエンジニアのタケさんの三人がかり、二日間かけて釘で打ちつけたのだった。銅板はできるだけきれいに並べないこと。三人がそれぞれに銅板を曲げ、その波打ち具合が偶然に重なっていくのが面白い。夜、照

頂上の屋根に銅板を貼る

明を当てると、真新しい銅板の屋根は金色に輝き、十代の少女のフリルのスカートのように美しく繊細な姿になって、見惚れてしまった。現代彫刻の美術品のようなのだ。あまりにも何かを言いたげで、ツリーハウスの頂上に載せると、この部分だけが「喋りすぎる」ことになるのではないかと、かえって心配だ。

この銅板については、思いがけないことがあった。神戸で銅卸商をしている大学時代の友人に頼んで、厚さ〇・三ミリ、長さ一二〇〇ミリ、幅三六五ミリの銅板を三十枚、重さにして約三五・五キログラムを送ってもらったのだが、いつまで経っても請求書が届かなかった。催促するともう少し待ってくれという返事が来た。十二月中旬になって再度連絡すると、こんなメールが届いた。

「おはようございます。／先日、「みすず」拝読。お父上の臨終について書かれたものです。／泣いてしまいました。／幹郎さん、あれを読んでしまうと、請求書は書けません。／そうさせてください。／やがて緑青が吹き、銅は存在感が出るでしょう。／季村敏夫」

キムラ氏はわたしの大学時代からの詩の仲間で、彼のやさしさは若いときから変わらない。感謝する以外になかった。彼は昨秋十月末、父の絵の遺作展を大阪で開いたとき、その会場に来てくれた。わたしは「みすず」の二〇〇九年五月号に、「父の終焉記」と題した山小屋便りを書いたが、遺作展の会場となった藤井寺美術サロンのオーナー、ニシカワ・ハルコさんがそれを百冊ほど購入して、会場に来た人たちが自由に持って帰ることができるようにしてくださった。おそらくキムラ氏はそこで雑誌を手にしたのだろう。

まるでサンタクロースがやってきたようだ、とナカザワさんが言い、これも老先生（山小屋メンバーは、わたしの父のことをこのように呼んでいた）のおかげです、とケンちゃんは言い、トクさんにいたっては、ツリーハウスにキムラ氏の名前を刻むとまで言った。

不思議なほどの善意に包まれて、ツリーハウスは工事が進み、いまは大雪のなかで休憩中なのだ。わたしはシートに包まれた銅板の屋根の塊を見ながら、父の遺作展の会場にいたときのことを思い出す。

一週間の会期で、父が二十代の頃の具象画から中期の抽象画、そして晩年の遊び心に満ちた小さなオブジェ作品までを並べたのだが、見にきてくださった方々の多くは、かつて父が教えていた大阪府立高津高校美術部出身の画家たちだった。父は戦前からこの高校で教えていたので、父よりももっと老齢のように見える方々もいた。わたしが一人で画廊の椅子に座っていると、みな一様にびっくりした声を出された。よく似ておられる、先生がまだ生きておられるのかと思いました！　わたしは年を取るほど、父に風貌が似てきたらしい。

会場では、父の遺歌集も配った。父は二十代初めの数年間、前川佐美雄が主宰する「日本歌人」の同人になって、短歌を書いていたのである。生前、小さな手帖にその切り抜きを貼付して残していたのだが、それを編集して、父の絵を添え、解題を書き、歌集とした。

歌集には「夕まけて耳にどよめく物の音しんしんとして春闌《た》くらし」という一首があり、そこから「夕まけて」というタイトルを付けた。古語で、夕暮れが迫って、という意味である。短歌という定型詩は、人間の死というものに、強く反応する性質を持っている。生きていたときよりも死んでから読むほうが、切実感が出てくる。どうしてだろう。五七五七七という音の枠組みが、人の一生という枠組みと共振するのだろうか。そこが現代詩という非定型詩とは違うところだ。

快晴かと思うと、夕暮れになって、また雪が降ってきた。降り続く雪を見ながら、デッキの上の椅子に座っている。つもれ、つもれ、という声が遠くから聞こえてくるような気がする。書斎の横のハナミズキの木のほうからのようだ。この木の枝先には、春を待ちわびて赤い色の新芽がすでについている。まるで獣のようになまめかしい。

墓を考える

二月 その二

墓というものについて、それが必要なのかどうかについて、わたしは長い間、揺れ続けていた。この世に何も残さないほうがいいのではないか。骨を粉末にしてどこかに撒いてもらう散骨がいいのではないかとも思ってきたのだが、そのわたしが弟と一緒に家の墓を作ることになった。

散骨がいいなと思ったのは、四十代の十年間、何度もネパールのヒマラヤ山岳部にトレッキングに出かけ、そこで出会ったヒンズー教徒やチベット仏教徒の葬式の方法を見てきたからだ。無墓文化というものが、インド、ネパール、チベットなど南西アジア地域にある。

ヒンズー教徒は、遺体を川岸で焼いた後、遺骨のすべてを川に流す。ネパールの川は下流で最後は聖なる川ガンジスに流れ込む。墓は作らない。ネパール語には「墓」という単語もない。

ネパール山岳部、標高二五〇〇メートル以上はチベット仏教圏になる。チベット仏教徒も墓を作らない。葬式の方法には順位をつけていて、鳥葬、火葬、水葬、土葬の順に価値が下がっていく。ハゲワシに死体を食べられるのをもっとも望ましいものとしている。ハゲワシは天空に魂を運んでくれる鳥だからだ。その鳥が食べやすいように遺体を切り刻む。地上には鳥が食べない髪の毛だけが残る。

チベットで聖なる山とされているカイラスの麓の鳥葬場は、各地にある鳥葬場の中でもっとも位が高い。わたしはその広大な岩盤の上の鳥葬場で、髪の毛だけが無数に散らばっている光景を見たことがある。近くの岩陰には血がこびりついて錆びたままのナイフが何本も捨ててあった。遺体を切り刻んだナイフはその場に残しておくのが風習なのだ。

火葬の場合も、焼け残った骨や灰は火葬場にそのままにしておく。やがて風に吹かれてどこかへ飛び、地上には何も残らない。ネパールやインドの平地の火葬では、沙羅双樹の木を井桁に組み上げ、その上に遺体を載せて焼くが、ヒマラヤ山岳部やチベット高原では沙羅双樹どころか、木そのものを集めるのが大変なので、火葬ができるのは金持ちに限られる。

水葬は木が少ないことからくる葬式の方法である。鳥葬と同じように、魚が食べやすいよう、川に死体を切り刻んで投げ込む。チベット高原を流れる大河ヤルンツァンポのほとりを車で走っていたとき、水葬の現場を遠くに見たことがある。見てはいけない、とチベット人ガイドに止められたが、一瞬、望遠鏡で見た光景は、黒い影絵のような厳粛さに満ちていた。

土葬はもっとも忌み嫌われていて、この葬式をするのは、赤ん坊のまま死んだか、疫病にかかったか、泥棒などの犯罪者であるかの三つに限られている。いくら貧しくても土葬になることだけは嫌だという話を、チベット国境近くのネパール山岳部の村の老人から聞かされたことがある。この世に骨を残すと輪廻転生できないから、というのがその理由だった。実際に土葬の現場に行くと、遺体の上にうずたかく小石が詰まれているだけで、死者の名前も標識もない。誰もお参りはしない。そこは墓ではなかった。地上には小石の間から引っ張り出されたと思われる大腿骨などの破片が散らばっていた。チベット狼が食い散らかした跡なのだった。骨を大事にし、骨をホトケと呼ぶ習慣は仏教圏でも日本独自のものなのだ。

二十代の初め頃、京都の伏見深草に住んでいたことがある。この地の大亀谷と呼ばれる丘陵に、仏国寺という禅宗の寺院があって、そこへ向かうひなびた風情の坂道が大好きだった。あるとき仏国寺境内の竹藪に入って、偶然忘れられたような小さな石標を見つけたことがあった。高さ三〇センチほどの直方体の古びた石が崖の上にぽつんと突き刺さっていて、そこに「小堀遠州墓」と彫られていたのである。江戸期の大名であり、千利休、古田織部の流れを継ぐ茶人であり、建築家であり、何よりも天才的な作庭家として有名だった小堀遠州がこんなに小さな墓を！　と若い日のわたしは感動した。震えるような思いだった。周囲に墓石はひとつもなくて、崖から見下ろすと大亀谷の谷底まで竹藪は鬱蒼としている。墓を作るならこうでなくちゃ、こんなふうに崖っぷちで小さく風に吹かれて、人々から忘れ去られるままになっているのがいい。さすが小堀遠州、と思い、そのままわたしの中でその記憶はこびりついた。

数年前、ある週刊誌の編集部の企画で、二十代の頃、京都でもっとも愛した土地を四ヵ所選んでそこへ行って感想を言い、現地で写真を撮られるということがあった。わたしはかつて中原中也が住んでいた下宿先や、わたしが大学時代にいつも詩を書いていた喫茶店や、与謝蕪村が通った島原遊廓のなかにある、現在は博物館になっている「角屋」という揚屋（料亭）などの他に、仏国寺境内の小堀遠州の墓を選んだ。しかし、現地に行ってわたしが四十年間も、大きな誤解をしていたことを知った。仏国寺の境内は様変わりしていて、境内の外れの崖にわたしがめざす竹藪はなかった。その代わり広い墓地ができていた。崖の近くでかつて見た遠州の墓石を探したのだが、どこを探してもなかった。まさか、と思ってさらにその近くを編集部の人と一緒に探すと、崖の外れの奥まった藪の中に、見上げるような大きな墓石があって、それが小堀遠州の墓であった。新しいものではない。江戸時代に作られた古びた墓石だった。その崖からは伏見城がよく見えた。青年時代の遠州は伏見城の再建に、父親とともに携わっていたのである。大亀谷の土は伏見城の瓦を焼くのにも使われたのだった。この崖に彼が墓を作った理由がよくわかった。晩年は伏見奉行になっていたということもあるが、自分の人生の出発点を見下ろそうとしたのだ。

つまり、わたしが二十代の初めに見つけたと思った墓石は、本物の墓への道しるべとして建てられた石標だったということになる。寺院では墓地を広げるにあたって、その石標は抜き取ってしまったのだろう。最初は狐につままれたような気分になり、それから、がっかりした。若い日のわたしの勝手な思い込みや早とちりであったとしても、ほんとうにがっかりした。後で調べると、小堀遠州の墓は伏見深草の仏国寺だけではなく、京都市北区の大徳寺孤篷庵、滋賀県長浜市の近江孤篷庵、東京都練馬区の広徳寺にもあるらしい。

墓については、昔から王や貴族や権力者が権力維持と誇示のために生前に作るということを除けば、あるいは本居宣長のように生前に楽しみながら自分の墓のデザインをした人などを除けば、たいていは死ぬ本人の意志とは別のところで決定される場合が多い。代々続いた家の墓があると、死者はそこへ当然のように葬られる。あるいは新しい死者の想い出のために、新しく作られる墓がある。

山小屋メンバーの一人である八百屋のキー坊さんの長男ユウキ君は十三歳になった春、心臓麻痺で亡くなった。中学校の体育の授業中、グラウンドを走り終えた瞬間、突然、息を引き取ったのである。もう十七年ほど前のことになる。

ユウキは生まれたときから心臓が弱かったのだが、山の子どもたちは冬のスキー、夏の自転車など、都会の子どもたちより激しいスポーツをする。ガキ大将であったユウキは、どのスポーツをやらせても優秀で、また山の自然を観察することにかけては人一倍熱心だった。山小屋でセキさんが彼に与えた何冊もの昆虫図鑑や植物図鑑や鳥類図鑑は、たちどころに彼の頭の中に入り、わたしたち大人は彼が遊びに来るたび、鳥の名前や昆虫の名前、植物の名前を教わった。自然観察の冴えは父親のキー坊さん譲りで、博識だった。

キー坊さんは、心臓に欠陥を持つユウキのことを案じた中学校の先生にこう言ったらしい。「他の子どもたちと一緒にしてほしい。それで倒れても文句は言わない」。小学校のときはともかく、中学校に入ってユウキの身体が大きくなるにつれて、心臓の負担も大きくなったようだ。そのことに気づいても彼の元気さから見て、まだまだ大丈夫と医者も誰もが思っていた。

ユウキが小さい頃から、わたしは彼と一緒に温泉のお風呂に入ると、お湯の掛け合いをやったり、沈め合いをしたりして遊んだ。彼が小学生のあるとき、ふざけて湯船の底に沈めたら、苦しい！と大声で叫んでお湯から顔を出したことがある。ほんとうに苦しそうだった。心臓に欠陥があることをわたしはそのとき忘れていたのだ。ユウキが大声を出した瞬間、男風呂と女風呂との間の壁の隅にあった扉が突然開いて、真っ裸のユウキの妹キミドリちゃんが飛び出してきた。なぜそのとき扉に鍵がかかっていなかったのか、いまでもわからない。キミドリちゃんの本名はミドリなのだが、当時の山小屋にもう一人、年上の女子高生のミドリちゃんがいたので、妹分ということで「キミドリ」になったのである。そのキミドリちゃんが湯船の中にいるわたしの前に仁王立ちになって、素っ裸のまま言った。「お兄ちゃんをいじめないで！」わたしは謝った。

そのときの情景がいまも目の前にありありと浮ぶ。そのキミドリちゃんも、いまは村の役場に勤める青年と結婚して主婦になっている。「おい、スキーを教えてくれよ」とユウキに言うと、「ウッセー（うるせぇー）」と生意気に答えるようになったのは、彼が中学校に入ってからだ。

ユウキの死亡は、山小屋の誰にとってもショックだった。キー坊さんは村の共同墓地に、黒い御影石で村一番の大きさのタケダ家の墓を作った。母親のショウコさんは山小屋でユウキの名前が出ると、いまでも涙ぐむ。そのユウキの死のあとに生まれたのが、この春、中学三年生になるユリカちゃんであった。「お母さんのおなかの中にいるとき、お兄ちゃんとお話ししたよ」と、ユリカは小学生時代に父親に言い、キー坊さんはそれを信じて感動した。ユリカは小さいときから、ユウキの生まれ変わりとして育てられたのである。

キー坊さんは、ショウコさんと夫婦喧嘩をしたり、一人になりたいと思ったときは、村の墓地に出かけて、ユウキの眠る巨大な墓石と対話しているらしい。らしい、というのはわたしの想像だからだが、そして、そんな風情はおくびにも出さない男がキー坊さんでもあるが、しかし、なんでもない日に、墓地から一人戻ってくるキー坊さんを、わたしはときどき見かけるのだ。そうか、墓というのは、こんなふうに生き残っている人間の役に立つのだ、ということをそのたびに思う。

山小屋のクリの木に建設中のツリーハウスは、三階のデッキの上に立つと、ユウキの眠る村の墓地が遠くに見える。望遠鏡で覗けば、ユウキの墓も見えるに違いない。ユウキが大好きだった山小屋と、彼の眠る墓とを結びつけるアンテナの位置に、ツリーハウスはある。そのことに、わたしはツリーハウスが三階まで出来上がった段階で気づいたのだった。ハウスが完成すると、わたしたちが山小屋に滞在しているときはハウスの頂上にランプを灯すことにしているから、地下のユウキはセキさんやわたしたちが来たことを知るだろう。

昨秋、わたしの父母の墓を大阪市内の一心寺という寺院の墓地に作った。一心寺は法然上人が十二世紀末に草庵を作ったことが始まりで、江戸期の俳人小西来山はこの寺院を詠んで、「しぐるるやしぐれぬ中の一心寺」という句を残している。一心寺の大きな瓦屋根がしぐれのなかで浮かび上がる情景である。この寺院の存在は、近世の大坂庶民に心の安らぎをもたらしていたらしい。来山の墓もこの寺院の墓地にある。

ここに樹齢八十年ほどのウバメガシが生えている一角があって、その木を背景にして小さな墓を作った。弟と彼の弟子である若いランドスケープ・デザイナーが墓石のデザインをし、わたしが「佐々木」と揮毫した文字を黒御影石の板に彫ってもらった。わざと「佐々木家墓」とはしなかった。ウバメガシを借景とした墓なので、「佐々木」だけを書くと、字義通り、木を助ける、支えるという意味にもなるからである。生前の父は「お前たちが墓を作っても、そんな暗いじめじめしたところにオレはいないぞ」とよく言った。じゃ、どこにいるんだよ、と聞くと、「さあ、もっと明るい楽しいところだ」と言った。

しかし墓が出来上がったとき、オヤジはあんなこと言ったけれど、きっとそうでもないぞとわたしと弟は笑った。墓は正面に長方形の板状の墓碑、敷地中央に低い円柱の花台が一つ、その前に小さな線香台があるだけで、墓碑の背後にあるウバメガシが、能舞台の背面にある鏡板に描かれた松の図のようにもなって、一見、墓とは思えない。花台には一輪挿しがよく似合う。たとえ父親がどこかへ遊びに行っていたとしても、これを見にしょっちゅう戻ってくるかもしれないな。墓地の小さな敷地には、京都の名庭園の施工を専門にしている左官屋さんが、大亀谷の黄色い土を盛り、そこに色とりどりの小石を散らして鏝で固く塗り込めてくれた。これで墓地に草が生えることはない。大亀谷の土は伏見城の瓦を作ったものだから、雨水も流してくれる。墓というのは、いろんな遊び方ができるものなのだ。

ムササビが来た！

三月

いよいよ暖かくなって山の雪が溶け始めたと思うと、再び大雪が降る。そんなことが今年は何度も起こっている。本格的な春がなかなかやってこないのだ。

そんな三月中旬の夜、午後八時頃、ツリーハウスの様子を見に、クリの木に上がっていた床屋のナカザワさんとアジャール君が、いきなり頭上の木の枝からバタバタと飛び立ち、逃げ去る黒い塊を見た。二人は、鳥かなと思ったらしい。

ちょうどそのときわたしは新館前のベランダにいた。山の斜面に数本の白樺が群生していて、夜、その方向にライトアップすると幹が美しい。その幹に大きなリスが飛びつくのを見た。太い尻尾を垂らして幹を這い上っていく。山小屋でリスを見るのはひさしぶりだった。もう二十年近く見ていない。

「ああ、リスだ、リスがいるよ！」とわたしは叫んだ。

それにしてもでかいなあ、と思っているうちに、「リス」なるものは白樺の枝先まで行って止まり、わたしのほうを見て威嚇した。

「ギリギリギリギリ～！　ギリギリギリギリギリ～！」

まるで錆びたゼンマイを巻いているような、なんとも機械的な大きな鳴き声だった。これは、リスなんかじゃない。何なんだ、あいつは。

それから山小屋は大騒ぎになった。旧館にいたセキさん、八百屋のショウコさん、娘のユリカちゃん、東京からこの日、山小屋に着いたイナミさん、ツリーハウスから下りてきたナカザワさん、アジャール君らが集まってきて、あれはモモンガーだ、コウモリだ、フクロウだ、と口々に言い、どれもが違うということになって、あれはスーパーマンだ、あげくのはては、トクさんだ、という者もいて、そのたびに笑い転げた。

ツリーハウスの棟梁トクさんの名前が出たのは、ようやく雪が溶けて明日から再開するツリーハウスの工事が待ちきれず、前日、誰も来ていない山小屋に登場し、三段の足場を組んで、未完成の屋根に銅板を貼る準備をしておいてくれたからである。よくまあ一人で、こんなたいへんな作業をしたもんだ、と山小屋に到着するなり、その足場を見てわたしは感嘆したのだった。山にまだ雪があっても、トクさんの心だけは春になっていて、一人でスタンバイ完了なのだ。だから、夜になってもトクさんはツリーハウスの守護神と化してクリの木の上にいたのではないか、とナカザワさんは言うのである。

くだんの動物は身動きもせず、白樺の枝の先でわたしたちを見下ろしている。わたしは三脚を立てて、三〇〇ミリの望遠レンズで写真を撮ることにした。やがて、インターネットで調べたナカザワさんが、ムササビの雌だということを教えてくれた。「ムササビがこの山に来るなんて、初めてだよ」と言う。

山小屋から里のほうに下りると、吾妻川の中流域に川原湯温泉がある。渓谷が美しく、秋になると全身が紅く照り返されるほど紅葉がみごとだ。ここにはムササビが無数にいた。いた、といまでは過去形で言う以外にない。この温泉宿で入浴中、窓越しに数匹のムササビが木の枝から枝へ飛び回っている光景を見たのは十数年前だったろうか。川原湯温泉のお湯はミルク色で、山小屋近辺の鉄分の多い温泉のお湯とは質が違っていた。かつては山小屋から東京へ帰る前、わたしたちはこの温泉のお湯につかることが多かったのだ。お湯に入った後、皮膚がさらさらとしていつまでも温かく、車を運転しても眠くならない。

しかし、この温泉は「八ツ場《やんば》ダム」が出来上がると、湖の底に沈むことになっている。地元では長い建設反対運動の期間があり、やがて、諦めて賛成する人々が多数派になり、温泉地を閉じて将来の湖の上の代替え地に移るということになった。わたしたちがよく行った温泉宿もいまは閉鎖してしまった。なんというもったいない話かと思っていたら、政権が替わってダム建設の中止が話し合われるようになった。いや、時の政権によって長く振り回されてきた地元の人々は、まだ話し合いの席に着いていない。テレビも新聞も建設を進めるべきだという声を多く採り上げるが、わたしには地元の人の建設中止賛成の声も聞こえてくる。

保証金で建てられた代替え地の家の話は、わたしの耳にも届く。それはほんとうに不思議な経路でわたしたちの山小屋にも伝わってくるのだ。たとえば、山小屋で焚き火をしていると、地元の大工さんにもらった木屑の中に、床の間の柱に使った後の、木の端切れが入っていたりする。槐《えんじゅ》の銘木である。代替え地で新築された家の床の間には、豪華な床柱が使われているのだ。保証金で買ったポルシェがいつも家の中から見えるように、特別に大きなガラス窓を設えた家もあるという。

望遠レンズでムササビを見る

ともあれ、ムササビはそんな里の騒ぎから、標高一三〇〇メートルのこの地まで逃げてきたのではないか。八ッ場ダムの本体工事は何も始まっていないが、道路などの周辺の整備工事で、ムササビたちがいた樹木の多くは切り倒されてしまったのである。

望遠レンズでムササビの顔をアップしてみると、驚くほどかわいらしい。黄色い毛並みで、両眼が黒くつやつやと輝いている。鼻は丸く桃色である。おなかは真っ白。頭の回りが少しへんだ。帽子を被っているように見える。どうやら太い尻尾を頭に巻きつけて、木の上でバランスを取っているらしい。ナカザワ夫人ヒロコさんにその映像を見せると、「うちのお祖母ちゃんにそっくり！」と言った。

わたしは二時間ほど、ムササビにレンズを向けていた。相手は同じところに止まったまま、ちっとも動かない。三脚を移動させるたびに、ムササビはわたしのほうを向く。撮影用にライトを当てているので、警戒して動けないのかもしれない。そのことに気づいたので、ライトを消してみた。消した瞬間、彼女は白樺から隣の松の木の枝に飛び移った。再びライトをつけてその様子を見ると、松の葉越しに、ムササビの大きな尻尾が移動していくのが見えた。最後は松の木の幹にたどり着き、幹の陰から再びわたしのほうをうかがって、じっとしている。その様子がいじらしい。

去年の秋、ツリーハウスの壁に使用していた合板パネルが、何者かに齧られていたことがあった。板の間にある糊を食べたらしい。この犯人はムササビだったのかもしれない。くれぐれもツリーハウスをねぐらにしないようにね、おやすみ、と声をかけてわたしは小屋に戻った。ムササビは毛にくるまれて温かそうだったが、人間には寒すぎた。

翌日、午後からツリーハウスの尖塔の頂上に、二層目の屋根を載せる作業が始まった。昨年秋に作っておいた採光用の窓がついた不等辺八角錐の小屋を載せるのである。この採光窓のある小屋は高さ一メートルあまり。屋根には藤森照信氏が設計した茶室「高過庵」の屋根と同じ方法で、波状に歪ませて葺いた銅板が黄金のように輝いている。トクさんはこの小屋の頂点の部分にドリルで水平に穴を開け、長いボルトを差し込んで、そこにロープを結びつけた。

ツリーハウスの尖塔の頂上より高いクリの木の枝に、アジャール君が裸足で登っている。こういう高所作業はネパール人の彼がもっとも得意とするところだ。二本の木の枝に単管パイプを水平に置いて、その真ん中に木の滑車を吊るした。この滑車はわたしの父のアトリエにあった遺品の一つで、絵のモデル用のものなのだが、昔の漁船が使っていたものらしく、すこぶる頑丈なのである。それにし

ツリーハウス頂上に2層目の屋根を載せる

ても、骨董屋で買ったに違いないこんなものが実用化されるとは、亡き父は夢にも思っていなかったに違いない。

ちょうどユリカちゃんの中学校の男友達が数人、山小屋に遊びに来ていた。ネパール式の「風のブランコ」に乗って、ユリカや同級生のモエ、アズサちゃんたちの前で、それぞれ勇敢なところを見せようと、前方に飛び下りたりして競争している。ツリーハウスの上からわたしは、「おーい、おまえたち、手伝ってくれ!」と叫んだ。彼らは走ってきて、大声で笑いあいながら、滑車を通して地上に垂れ下がったロープを引っ張ってくれた。こんな面白い作業は滅多にやれるものではない。

小屋はゆっくりゆっくりクリの木の上に上がっていく。ゆっくり、ゆっくりと、下でロープを引っ張る中学生たちに声をかけた。途中で木の幹にぶつかって、屋根に貼った銅板が歪んだりするのだが、「藤森葺き」と呼ばれるこの銅板の貼り方は、もともと乱雑に波状に貼りつけるほど味が出る、という代物だから気にしない。

さて、そこから難儀なことが起こった。滑車でぎりぎり上まで吊り上げたのだが、ツリーハウスの尖塔の頂上に載せるには、滑車のある位置が低すぎて、うまく所定の位置に収まらないのである。不等辺八角錐の尖塔の頂上は、採光用の小屋を載せるために水平に切り取ってあり、八本の垂木だけが斜めに数センチ突き出ていた。しかし、その垂木と単管パイプの間が狭すぎたのだ。小屋を斜めにしたり、横にしたりして押し込もうとしたのだが、どうしても載っからない。

しかたがない。トクさんは強引にノコギリで、受け皿側の尖塔の垂木を切ることにしたのだった。何度も周囲を切って按配を試したあげく、一〇センチも低くなったのではないだろうか。ようやく収まった。まあ、だいたいこんなところでいいか。

というふうにして、ツリーハウスの尖塔の頂上に二層目の採光用の小屋が載った。その瞬間、山の斜面から拍手があがった。蒸溜所のキルン（乾燥塔）の雰囲気をねらったデザインなのだが、まるで灯台のようにも見える。アジャール君が二層目の銅葺きの屋根の上で手を振った。

「頂上に載せる小屋が大きすぎたかなあ、と思っていたけど、どう?」とトクさんは言う。「ちょうど、いいんじゃないかな」とわたしは言った。以前作ったものよりもバランスがとれている。

こうなると、本体の尖塔の屋根にも、早く銅板を葺きたくなってきた。いまは防水用の黒いガムロンシートを貼りつけたままなので、黄金の輝きを見せる二層目の窓小屋の屋根と比較すると、下部の黒い色が貧相に見える。

トクさんとわたしは、さっそく尖塔本体の屋根に銅板を貼りつける作業に取りかかった。長さ一二

尖塔本体の屋根に「藤森葺き」開始

○○ミリ、幅三六五ミリの銅板を、長さはそのままにして幅を半分の一八二・五ミリにする。その一枚一枚を、二枚の木の間に挟んで、上下に動かし、山と谷を作り、できるだけいい加減な波状にする。それを屋根の下部から順番に電動ドライバーでビス止めしていくのである。いったん貼り終わると、その上を木槌で叩く。銅板の山の線がまっすぐになりすぎると面白くないから、山の線を潰すのだ。

「シジンは駄目だね、性格が出てるよ、几帳面すぎて！」とトクさんは言う。いや、木の間に銅板を挟むと山と谷の線がまっすぐになってしようがないんだよ。どうすれば、出鱈目な線が生まれてくるのか。木の形を変えてさまざまに試してみたが、出鱈目というのは、いざやろうとすると難しい。

後日、藤森照信氏と会う機会があった。「藤森葺き」という波状の銅板の葺き方の名称は、建築界で定着しているんですか？　と聞くと、「あれは誰もやりたがる人がいないから、定着するも何もないんですよ」と、笑いながらの答えが返ってきた。銅板の曲げ方なんだけれど、木で挟むと山と谷の線がまっすぐになって面白くない。「高過庵」の場合はどうしたか、と聞くと、「貼りつける前に足で踏みつけるのが一番いい」ということだった。

うーん、豪快だ。藤森氏の建築が「野蛮ギャルド」と言われるゆえんである。専門家は誰もやろうとしないわけだ。しかし、この手法は実に楽しくて、失敗すればするほど味が出るのだ。

その翌日、わたしたちは午前中、ナカザワ夫妻やイナミさん、ショウコさんたちと一緒に上田の町まで下りて、とあるパン屋さんのパン焼き窯を見学した。ツリーハウス・プロジェクトの後に控えている、パン焼き窯プロジェクトのために、データを少しずつ集め出したのである。親切なパン屋さんのご主人に、フランスとドイツのパン焼き窯の資料を教えてもらった。午後、山小屋に戻ってくると、今日は山小屋には来られない、と言っていたトクさんが来ていて、一人で工事を続けていた。トクさんにとっては、パン焼き窯どころではないのである。

大慌てで、ナカザワさんとわたしは銅板貼りを続行した。夕方になると、本体の屋根の三分の一を貼り終えた。下から見上げると、銅葺きの屋根の存在感が凄い。ここまで銅が存在を主張するとは思わなかった。クリの木に巻きついた銅の尖塔である。しかも、二重の屋根である。ツリーハウスはわたしたちの当初の想像を、はるかに越えるものになりつつある。

クレッソンの春

五月

五月のゴールデンウィークの間、山では晴天が続いた。昼間の気温は二十二度まで上がって汗ばむほどだったが、夜になると冬の気候に戻り八度まで下がった。温度差が激しい。

スキー場も連休最後の日に閉場した。毎年、この時期まで人工雪で運営しているのだが、今年はスキー客がほとんど来ない。高速道路の料金が一律千円になったため、ゴールデンウィークに車を利用して遊ぶ人々は東京から三時間あまりの近場よりも、もっと遠出することを望んだらしい。千円でできるだけ遠くまで、という心理である。なるほど、敏感に反応するものだ。

わたしたちの「氷のオブジェ」も、五メートルほどの高さの氷の塊を残して、溶け始めた。十二月末から春まで、渓流の水を噴射し続けると、固まった氷は半年近くも持つのである。もはや、ノズルは外してある。ホースから滴る水が、いまは氷の塊に穴を開け、溶かし続けている。

そんな連休が終わると、一日中、細い春の雨が降り続いた。恵みの雨である。農家ではキャベツの作付けが始まったばかりなので、黒い土から顔を出した新芽たちはさぞ喜んだことだろう。どこを見回しても蕾状態だった山桜は、春の雨の中で、いっせいにピンクの小さな花を開き始めた。開くときは急速度だ。たった一日で満開になる。ウグイスの鳴き声も激しくなる。クヌギの木に植えつけておいた椎茸も、雨を吸い込んでみるみる大きくなった。

山小屋は、ゴールデンウィーク中、入れ代わり立ち代わり、大勢のメンバーでにぎわった。草木染めのヨコヤマ・ヒロコさんが、今年の春のテーマを「ネコヤナギ」にした。山で自生しているネコヤナギの木を一本丸ごと切り倒す。わたしはチェーンソーで切り倒す係を命じられた。分解して山小屋に持ち帰ると、たちまちのうちに枝も幹も、ヨコヤマさんと友人のマナさんが、数センチの長さに切り揃え、そのまま釜で茹でる。その液で白い毛糸を染めると、なんというやわらかな春らしい、上品な黄色になったことか。眠るような淡黄色なのだ。

この時期の山の渓流沿いや養魚場の周辺の水辺では、いくら採っても採りきれないほど、濃い緑色のクレッソンが群れをなして茎と葉を繁らす。みんなで、クレッソンを朝、昼、晩と食べ続けた。五月中旬になると、白い小さな花が咲き始める。そうなると茎も葉も硬くなる。花が咲く寸前の時期がもっとも食べごろなのだ。噛みしめるほどに香りが高くやわらかく、東京で売っているものとは比較にならないほどおいしい。

山小屋の女性たちは、何度もクレッソン採りに出かけた。イナミ・ナオコさんは山小屋ではシェフと呼ばれているが、彼女がある夜、クレッソンを使って「男を一殺《いちころ》料理」なるものを作ってくれた。「草鍋」と「卵焼き」と「豆乳プリン」の三点セットである。料理の先生に教えてもらったのだという。ほんとうかいな、と言いながら、わたしはセキさんや八百屋のショウコさん、ユリカちゃんと一緒に食べた。

（1）草鍋（土鍋に白だしと柚子胡椒を入れ、鶏のモモ肉をぶつ切りにしたもの、あるいは豚肉を放り込む。浮かんだアクを丁寧に取った後、大量の葱とクレッソンを入れる。それだけである。実に簡単だ。白だしは某社製の瓶入りのものを使い、だし1対水15の割合。クレッソンでなくても水菜やノビル、ニラ、あるいはカンゾウを入れてもいい）

（2）クレッソン入りの玉子焼き（クレッソンは卵の間で柔らかくなっていて、黄色と緑の彩りもいい）

（3）豆乳プリン（鍋に豆乳と蜂蜜を入れて加熱し、火を止めたあとゼラチンを加えて溶かし、冷凍して固まらせる。黒蜜をかけて食べる）

「草鍋」というネーミングがいいので、雑草を食べるかと思いきや、大量の野菜なのである。白だしは白醬油と鰹節を使って本格的な作り方をすべきところを、料亭用と称した瓶詰めのおいしいものがあるので、これを使った手抜きの鍋料理なのだ。料理の先生もこれを使って、秘密、秘密と言っていたそうだ。この白だしのおかげで、煮上がった野菜は醬油など何もつけずに、いくらでも食べられる。柚子胡椒が効いているのだ。

それにしても、「男を一殺料理」というネーミングも凄いものだ。料理教室では、包丁の使い方も知らない若い女性たちが多いので、彼女たちが料理を熱心にするよう、先生が指導するうちに思いついたネーミングらしい。こういう料理名だと生徒たちは目を輝かすらしい。怖いものである。簡単なので、誰でも作れる。わたしはデザートの豆乳プリンの口当たりのよさもあって、「一殺」どころか、たわいもなく三点セットで「三殺《さんころ》」にされてしまった。

今回、山小屋に着いたとき、わたしが最初にした作業は、古いギネス・ビール用の泡立て機を組み立てて、ベランダの机の上に取り付けることだった。わたしのシングルモルトの師匠である赤坂見附のバー「ですぺら」の店主、ワタナベ・イッコウ氏が自宅を引っ越すことになって、セキさんと一緒にその手伝いをした。そのとき、処分することになった大量のワイングラスやいくつもの焼酎の瓶（芋焼酎をこの瓶で二年寝かせると、瓶から鉄分がしみ出して、まろやかになる）、店で使っていた椅子などをいただいた。イッコウ氏は腎臓が悪化し人工透析を受けることになった。その病院の近くに家を移すことにしたのだ。編集者であり装幀家でもあった彼の家には恐ろしいほどの量の蔵書があり、酒蔵にはシングルモルトの貴重ボトルが数百本ほど並んでいた。引っ越しが近づいているのに、それらはまったく未整理のままで、わたしのほうが焦った。そんな酒蔵の机の下に、ビールの泡立て機という、へんなものがあったのだ。

これ、いる？　と聞かれても、わたしはそれが何なのか、さっぱりわからなかった。泡立て機（サージャー）であると教えられても使い方も知らなかった。数年前、ギネス・ビールは超音波で振動させて、ギネス独特のクリーミーな泡を立てる装置を開発した。アイリッシュ・バーなどには、ときどき置いてある。小さな台にグラスを置くと超音波で振動する装置なのだが、わたしが手にしたのはそれよりももっと古いものだ。電気など使わない。高さ五〇センチほどで、手押しポンプのような形をしている。手前に台があって、そこにギネス・ビールを入れたグラスを置く。グラスの上にノズルがあって、その先端をビールの液面に差し込む。ポンプのハンドルを押し下げると、カチッと音がして、ノズルがビールを一瞬吸い込み、圧力をかけてグラスの底に噴射する。すると、驚くほどクリーミーで肌理細かな泡が、グラスの中から溢れ出すというものだ。

それにしても、なんとも大げさなポンプ装置なのだが、その昔、アイルランドのパブで見かけたような気がする。それを思い出して、山小屋のベランダの机に取り付けた後で、罐入りのギネスをグラスに入れて試してみた。何度やっても、まったく泡が立たなかった。駄目じゃない、これ。わたしたちはこの機械の大げささを、さんざん馬鹿にした。

罐入りのギネスは、罐の中に約三センチほどの白いプラスチックの球体（フローティング・ウィジェット）が入っていて、罐の蓋を開けると球体から窒素と二酸化炭素が吹き出し、泡を立てるという仕組みになっている。ビールに窒素が封入されているのがギネス独特で、だからクリーミーな泡が生まれるのだ。翌日、イッコウさんに電話をしたら、普通の罐入りギネスでは泡が立たないという。サージャー専用の罐入りギネスがあるらしい。しかし、ボトルのギネスなら泡が立つという。

ギネスのサージャー

ヨコヤマ・ヒロコさんと旦那のシゲル・ジブリ氏（どういうわけか、彼はそう呼ばれている）が、山小屋用に、ボトルのギネスを買ってきてくださった。ボトルで試すと、なんということだろう、素晴らしい泡がグラスから溢れ出たのである。泡が実においしい。ボトルのギネスには最初から窒素が入っているので、サージャーに向いているのだ。

サントリーのプレミアムモルツで試しても、泡は白いクリーム状態になってグラスから溢れ出した。超音波のギネスのサージャーがある時代に、こんな手押しの古いサージャーは、もはや誰にも忘れ去られているだろう。しかし、この機械は全体が鉄製の黒色でハンドルの先端が金色。重々しいデザインで威厳がある。一挙に山小屋バーは本格的な装置を手に入れたのだった。

イッコウさんからいただいた椅子やワイングラス、焼酎の瓶は、山小屋メンバーに声をかけると、ほしいと手を上げる人が続出して、あっという間に行き先が決まった。わたしとトクさんは他に目を付けていたものがあった。ベルギー・ビール「ヒューガルデン」の営業用の小さな看板である。壺に入ったビールの絵と杖が描かれていて、なんとも怪しげだ。どちらが言うともなく、ツリーハウスに取り付けよう、ということになった。

わたしたちが山小屋に行かない間、トクさんは一人でツリーハウスの一階のデッキから二階のデッキまでを繋ぐ、螺旋階段を作っていた。踊り場を通って二階へ進む階段があるのに、トクさんはどうしても、もう一つ、螺旋階段を作りたかったらしい。そう言えば、ツリーハウスを作ろうと話しあっていた初期に、彼は何枚ものイメージ図を描いたが、その一枚に螺旋階段の付いたツリーハウスの図もあったように思う。初志貫徹というわけなのだった。

螺旋階段の上り口に、ヒューガルデンの怪しげな看板をぶら下げた。まるで酒場のようだが、これがツリーハウスのアニミスティックな雰囲気にぴったりと合う。面白い！　頭上のクリの木の上には、黄金色に輝く銅板葺きの、魔女の館のようなツリーハウスが載っかっている。まるで、ドイツのケルンの教会のようだわ、と夜のツリーハウスを見上げて言ったのは、ソプラノ歌手のモンマさんだった。

次ページ・螺旋階段（左端）も完成。
階段上り口にヒューガルデンの看板

Hoegaarden

ツリーハウスが夜の灯台に

セキさんとは古い友達だ。ツリーハウスの頂上の採光窓の内部には、電灯を灯している。やわらかい光が高い空の上で灯ると、ホッとする人間の心理は不思議だ。ここではそんな風景がつい最近始まったばかりなのに、まるで昔からの風景のように感じるのだ。モンマさんの大学生と高校生の娘さんたち二人は、「風のブランコ」が気に入って、いつまでもツリーハウスを見上げながら、夜のライトの中で漕ぎ続けた。

　わたしが顧問をしている東京藝大音楽学部のサークル「VOICE SPACE」は、メンバーのほとんどが大学や大学院を卒業した。そんなこともあって、今春から大学のサークルを卒業して、「詩と音楽のコラボレーション集団」としてプロ活動をすることになった。この二月には「声のまぼろし」（発売元・ラグタイム）と題したCDアルバムをリリースした。このアルバムでは、わたしと谷川俊太郎と中原中也の詩に、ナカムラ・ユミとオダ・トモミが作曲。VOICE SPACEが演奏し、歌っている。

　そのメンバーのうちの五人が遊びに来た。前記の作曲家二人と箏のサワムラ・ユウジ。尺八のワタナベ・モトコと美術のミズモト・サエコは初めての山小屋だった。彼ら彼女らが来ると、山小屋はつねに音楽が響き続ける。ハープとメロディオンとエレクトーンと尺八と箏。

　連休中の一晩、里の旅館のロビーでVOICE SPACEのコンサートを開いた。旅館の泊まり客が少なかったので、聞き手はほとんど山小屋メンバーだった。女将のタイコさんの希望で、VOICE SPACEが来ると、ここでコンサートを開くということがつねのことになったのである。ユウジ君の箏とモトコさんの尺八による宮城道雄の「春の海」。尺八ソロの「鹿の遠音」。ユミさんとトモミさんのコンビが、ピアノの連弾で歌う「あんたがたどこさ」は、爆笑の連続だった。中学生のユリカ、モエ、マミちゃんの三人も、VOICE SPACEと一緒に演奏した。ソプラノ歌手のモンマさんにも即興で、ナカムラ・ユミのピアノ伴奏で歌曲を歌ってもらった。

ツリーハウスの工事は、ついに屋根の三分の二まで、銅板を葺き終わった。棟梁のトクさんと床屋のナカザワさん、それにわたしの甥のジュンジがひさしぶりにやってきて、銅板貼りを手伝った。VOICE SPACEのミズモトさんも手伝った。若い奴隷が二人も増えると、オジサンたちは勢いづく。なかでも今回は女性の奴隷が一人いたので、トクさんもナカザワさんも動きがきびきびしている。作業が滅法早い。「あの二人、わっかりやすい性格しているなあ」とジュンジが笑いながら言った。

オダ・トモミは木の上に登るのが好きだ。それを真似て、サワムラ・ユウジも木の上に登り、バナナを食べた。彼が盲目であるということを、こんなとき信じられなくなる。

ツリーハウス工事の後、二階のデッキで、ナカムラ・ユミがメロディオンを演奏し、ユリカ、モエ、マミちゃんの三人が、宮崎駿のアニメ『となりのトトロ』の主題歌「風のとおり道」を合唱した。風景にぴったりだった。たしかにここは、風の通り道なのだ。ツリーハウスも山小屋も。

写真　特記以外は著者撮影
初出　「みすず」二〇〇七年七月―二〇一〇年六月号

著者略歴

（ささき・みきろう）

1947年奈良県生まれ．詩人．同志社大学文学部中退．2004年完結の『新編中原中也全集』（全5巻別巻1・角川書店）編集委員．2002－2007年，東京藝術大学大学院音楽研究科音楽文芸非常勤講師．詩集『死者の鞭』（構造社 1970／国文社 1976）『音みな光り』（思潮社 1984）『蜂蜜採り』（書肆山田 1991／高見順賞）『砂から』（書肆山田 2002）『悲歌が生まれるまで』（思潮社 2004），評論・エッセイ『中原中也』（筑摩書房 1988／サントリー学芸賞）『河内望郷歌』（五柳書院 1989）『カトマンズ・デイドリーム』（五柳書院 1993）『都市の誘惑——東京と大阪』（ティビーエス・ブリタニカ 1993）『自転車乗りの夢——現代詩の20世紀』（五柳書院 2001）『アジア海道紀行——海は都市である』（みすず書房 2002／読売文学賞）『やわらかく，壊れる——都市の滅び方について』（みすず書房 2003）『パステルナークの白い家』（書肆山田 2003）『中原中也　悲しみからはじまる』（シリーズ《理想の教室》，みすず書房 2005）『雨過ぎて雲破れるところ——週末の山小屋生活』（みすず書房 2007）『人形記——日本人の遠い夢』（淡交社 2009）『旅に溺れる』（岩波書店 2010）ほか．

佐々木幹郎
田舎の日曜日
ツリーハウスという夢

2010年10月29日　印刷
2010年11月10日　発行

発行所 株式会社 みすず書房
〒113-0033 東京都文京区本郷5丁目32-21
電話 03-3814-0131(営業) 03-3815-9181(編集)
http://www.msz.co.jp

本文印刷・製本所 中央精版印刷
扉・表紙・カバー印刷所 栗田印刷

Printed in Japan
ISBN 978-4-622-07557-8
[いなかのにちようび]